ルークとマジックパーク

LUKE & the Magic Park

集《つど》いの牧場《まきば》

岡村 守

contents

プロローグ

あの日のことを、わたしが忘《わす》れることは、もう二度とないでしょう。ここは、わたしたちだけの場所。だれにも邪魔《じゃま》することのできない聖域《せいいき》。どんな魔法《まほう》使いだって、ここにたどり着《つ》くことはできない。なぜなら、ここは特別《とくべつ》な力で守られているのだから。

あの日、わたしたちはお客様を交《まじ》えて楽《たの》しくおしゃべりし、お日様の元で昼食をとり、合唱《がっしょう》の歌《うた》を歌《うた》う、そんなありふれてはいるけれど、幸《しあわ》せがぎっしりと詰《つ》まった一日を過《す》ごすはずでした。それがまさかあんなことになるだなんて……

友人たちも、お客様も、そしてわたし自身でさえも……すべてがあの一瞬《いっしゅん》の出来事のせいで破壊《はかい》されてしまいました。ああ、あの日のことを思い出すと、あまりにも恐《おそ》ろしくていまだに胸《むね》が苦しくなる。わたしたちは傲慢《ごうまん》な悪意《あくい》の犠牲《ぎせい》者となってしまったのです。

でも、もう大丈夫《だいじょうぶ》。行動力あふれる少年たちの知力と勇気《ゆうき》によって、わたしたちは救《すく》われたのだから。そして、失《うしな》われたわたしの記憶《きおく》も無事《ぶじ》に取り戻《もど》すことができたのだから……

ありがとう、ルーク。あなたたちのおかげで、わたしたちは平穏《へいおん》な日常を取り戻《もど》すことができました。わたしたちは、あなたたちの勇気《ゆうき》ある行動を忘《わす》れることなく、いつまでもここからあなたたちの活躍《かつやく》を見守っています。

第1話　ぼろ木橋《きばし》

　空の滝《たき》を巡《めぐ》る一連《いちれん》の大冒険《ぼうけん》を乗《の》り越《こ》えたぼくたちは、期待《きたい》を胸《むね》に膨《ふく》らませ、次の目的地、『集《つど》いの牧場《まきば》』に向《む》かって、ゴールドフィンチ島の東海岸からほどない位置《いち》にある森の中を北側に向《む》かって歩み始めました。入園時に小人《こびと》たちからもらった地図を思い出したようにリュックサックの中から取り出したぼくは、目を走らせながら集《つど》いの牧場《まきば》の場所を確認《かくにん》しました。

「ぼくたちが『至福《しふく》のブランコ』に乗《の》って空を旅《たび》したとき、北側に大きな山が見えたけど、ひょっとして『集《つど》いの牧場《まきば》』はその山の中にあるの？」

　ぼくは一瞬《いっしゅん》地図から目を離《はな》し、キーシャに代わって一時的にぼくたちの案内《あんない》役を務《つと》めることとなったミラにたずねました。

「そうよ、ルーク。わたしたちは間もなく森の散策道《さんさくどう》の終点にたどり着《つ》くわ。そこは崖《がけ》になっていて、さらに北側に進むためには木橋《きばし》を渡《わた》る必要《ひつよう》があるのよ。地図にも描《えが》かれていると思うけど、橋を渡《わた》ると『豊穣《ほうじょう》の大地』と呼《よ》ばれる、ゴールドフィンチ島最大《さいだい》の穀倉地帯《こくそうちたい》が広がっているの。そこでは穀物だけでなく、野菜や果物《くだもの》など、様々な農産物《のうさんぶつ》が生産《せいさん》されているのよ」

「きっとそこは、のどかな風景《ふうけい》なんだろうな。水田や畑の広がる場所って心が癒《いや》されるよね」

　ジェイクが目を細《ほそ》めてにっこりとした笑顔《えがお》を浮《う》かべました。

「そして、穀倉地帯《こくそうちたい》を通り抜《ぬ》けると、集《つど》いの牧場《まきば》が位置《いち》する『マグネティカ山』に到達《とうたつ》するってわけね」

ぼくが手に持つ地図を横《よこ》からのぞき込《こ》んでいたナンシーが、地図上にあるぼくたちの目的地を指《ゆび》さしました。

その後10分ほど森の中を北進すると、ディランが突然《とつぜん》大声を上げました。

「見て！崖《がけ》だ！ぼくたちついに森の散策道《さんさくどう》の終点までやって来たんだね。木橋《きばし》はいったいどこにあるのかな」

ディランの言う通り、ぼくたちの視界《しかい》には左右にどこまでも広がる、切り立つような崖《がけ》が入り込《こ》んできました。しかし、進行方向《ほうこう》には木橋《きばし》らしいものが見えなかったのです。

「もう少し近づいてみてから、じっくりと探《さが》してみましょ。まだ、崖《がけ》まで結構距離《けっこうきょり》があると思うわ」

ステラが落《お》ち着《つ》いた様子で言いました。

さらに数百メートルほど前進すると、ぼくたちはついに森の最奥部《さいおうぶ》の崖《がけ》っぷちまでたどり着《つ》きました。どきどきしながら崖《がけ》の下をちらりとのぞき込《こ》んだぼくは、底《そこ》なしとも言えるほどの谷《たに》の深《ふか》さに身震《ぶる》いし、ひざをがくがくさせながらじりじりと後ずさりをしました。

「底《そこ》なしの崖《がけ》だね。下の方は真っ暗で何も見えないや」

ぼくは低い姿勢《しせい》のまま、さらに数歩後方に退《しりぞ》きました。

「でもほら、崖《がけ》の向《む》こう側を見てみて。小麦畑が広がってるのがわかるわ。素敵《すてき》ね。背景《はいけい》になっているあの山がマグネティカ山ね」

ナンシーが崖《がけ》の向《む》こう側にある山をじっと見つめました。

「ねえ、みんな、左を見て。こっち側の崖《がけ》とあっち側の崖《がけ》の間に何か細《ほそ》いものがかかってるよ。あれが木橋《きばし》なんじゃないかな。行ってみようよ」

ジェイクはそう言うと、好奇心《こうきしん》が抑《おさ》えられないかのように早足ですたすたと歩き始めました。

ジェイクの後を追ったぼくたちが崖沿《がけぞ》いに200メートルほど西側に移動《いどう》すると、確《たし》かにそこには大人が1人ぎりぎり通れるほどの狭《せま》さの木橋《きばし》がありました。木は腐《くさ》っているかのように湿気《しっけ》を多く含《ふく》み、その両脇《わき》に張《は》られたロープもかなり老朽化《ろうきゅう》してる様子で、ぼくにはこの橋を渡《わた》るのはあまりにも無謀《むぼう》なことに思えました。

「崖《がけ》の向《む》こう側に行くにはこの橋を渡《わた》る以外《いがい》に方法はないのかな。ちょっとさすがにここを渡《わた》るのは無茶《むちゃ》だと思うんだけど」

ぼくは仲間《なかま》たちの表情を伺《うかが》いました。

「ジェイク、君、ロープを持っていたよね。片側をぼくの体に巻《ま》きつけるから、もう片側をあの木に結《むす》んで固定《こてい》してくれないかな。ぼくが試《ため》しに渡《わた》ってみるよ」

ディランが決意《けつい》に満《み》ちた表情でジェイクを見つめました。

「ディラン、それは危険《きけん》すぎるわ。この橋、どう見ても安全に渡《わた》れるように整備《せいび》されてないもの。それにロープの長さは崖《がけ》を渡《わた》り切るのには全然《ぜんぜん》足りていないわ」

まるでステラの言葉が聞こえていないかのように、ディランは表情を崩《くず》さずジェイクが背中《せなか》に背負《せお》っていた大きなリュックサックのジッパーを開けると、中からロープを取り出しました。

「それはわかってるけど、橋の強度を確《たし》かめるためにちょっとだけ渡《わた》ってみたいだけだよ。ぼくは運動神経《うんどうしんけい》がいいから大丈夫《だいじょうぶ》。もし橋が崩《くず》れたらみんなでぼくを引っ張《ぱ》り上げてね」

崖《がけ》を渡《わた》る他の方法を考えつくことができなかったぼくたちは、しぶしぶディランの案《あん》に同意し、橋の安全性を実際《じっさい》に少しだけ渡《わた》ることで確《たし》かめてみることにしました。近くに生えていた木にしっかりとロープを結《むす》びつけ固定《こてい》し、ディランの体にもロープを巻《ま》きつけ終えたぼくたちは、木橋《きばし》を渡《わた》り始めたディランの姿《すがた》をかたずをのんで見守ったのです。

橋の両脇《わき》に張《は》られたボロボロのロープを両手でしっかりと握《にぎ》りながら、ディランは木橋《きばし》の上に足を踏《ふ》み出しました。ディランが木の板《いた》に右足を乗《の》せわずかに体重《たいじゅう》をかけると、木橋《きばし》はミシミシと音を立てました。見るに堪《た》えないその光景《こうけい》にぼくがしびれを切らせ、声を発《はっ》しようとしたまさにそのとき、ディランはちょうど左足を橋の上に乗《の》せたところでした。

「ディラン、戻《もど》れ！」

ぼくが大声で叫《さけ》んだその瞬間《しゅんかん》、ディランの足元の板《いた》がバリバリッという音とともに崩《くず》れ、彼の体はまるで崖《がけ》の下に吸《す》い込《こ》まれるかのように垂直《すいちょく》に落下《らっか》し始めたのです。

危険《きけん》を察《さっ》したディランは反射《はんしゃ》的に体を１８０度反転させ、大きく右手を伸《の》ばして崖《がけ》のてっぺんをつかもうとしました。

その手を前のめりに体を突《つ》き出したジェイクが急《いそ》いでつかみ、ぼくはジェイクが崖《がけ》から落《お》ちないように必死《ひっし》で彼のお腹《なか》に両腕《うで》をかけ、後方に引っ張《ぱ》りました。背後《はいご》ではナンシーとステラがロープをしっかりと握《にぎ》り、これ以上ロープが前に動かないように力を込《こ》めて支《ささ》えていたのです。

みんなで協力《きょうりょく》し、どうにか無事《ぶじ》にディランを引き上げたぼくたちは、崖《がけ》の手前に座《すわ》り込《こ》み、しばらく途方《とほう》に暮《く》れていました。

「この橋を渡《わた》るのは絶望的《ぜつぼう》だね。思った通り、人間の体重《たいじゅう》を支《ささ》えられるほどの強度はないんだよ」

ディランが目の前の木橋《きばし》にぽっかりと空いた穴《あな》を見つめながら言いました
「いきなり行き詰《づ》まってしまったわね。崖《がけ》を渡《わた》る何か別《べつ》の方法を考《かんが》えないといけないわ」

ナンシーが思案《しあん》に暮《く》れた表情を浮《う》かべました。

10分ほどが経過《けいか》し、ぼくたちが何もいい案《あん》が思いつかず困《こま》り果《は》てていると、背後《はいご》の森からカサっという音が聞こえました。ぼくが思わず後ろを振《ふ》り返《かえ》ると、そこには一匹《ぴき》の真っ白な野ウサギが茂《しげ》みから顔《かお》を出し、こちら側をじっと眺《なが》めていたのです。

「あのウサちゃん、こっちに来たいのかしら？わたしたちがここにいるからおびえて動けないのかもしれないわ」

ステラが心配《しんぱい》そうな表情で白ウサギを見つめました。

ぼくたちの視線《しせん》が自分に集《あつ》まっていることを察知《さっち》したのか、白ウサギはその場に張《は》りついたかのようにブルブルと体を震《ふる》わせていました。

「リンガ！」

突然《とつぜん》大声で叫《さけ》んだのはステラでした。その声に反応《はんのう》した白ウサギは、はっと我《われ》に返《かえ》ったかのように体を反転させ、森の中に逃《に》げ込《こ》もうとしたのです。

「ねえ、ウサちゃん、待《ま》って。お願《ねが》い」

ステラが前方に右手を伸《の》ばし、大声で叫《さけ》びました。

すると、すでに森の中めがけて駆《か》け出していた白ウサギがぴたりと動きを止め、再《ふたた》び向《む》きを変《か》えると、そろりそろりとぼくたちのほうに戻《もど》り、やぶの間からちょこんと顔《かお》を出し、こちらの様子をじっと見つめたのです。

「ねえ、ウサちゃん、あなたこの橋のほうに来たかったの？」

ステラが優《やさ》しい口調《くちょう》でたずねました。

「まあ、あなた動物の言葉を話せるのね。ええ、わたし、この橋を渡《わた》ろうと思って近くまで来たんだけど、あなたたちがいるから怖《こわ》くて、いなくなるまでここで待《ま》っていようとしていたの」

リンガの効果《こうか》で、白ウサギの言葉ははっきりとぼくたちにも理解《りかい》できました。

「わたしたち、あなたを捕《つか》まえたりはしないわ。実は、わたしたちもこの橋を渡《わた》りたいと思ってここまでやって来たの。でも、橋があまりにも傷《いた》んでいて、渡《わた》ることができなくて困《こま》っていたところなの。あなた、ひょっとして、この橋の渡《わた》り方を知っているの？」

そばにいたナンシーが穏《おだ》やかな表情で白ウサギを見つめました。

すると、白ウサギは少しほっとした様子で、こちらにピョンピョンと跳《は》ねながら近づいてきたのです。

「あなたたち、悪《わる》い人ではなさそうね。あなたたちの言う通り、この橋はすごく古いから、人間の体重《たいじゅう》を支《ささ》えることはできないわ。わたしたちのような小動物なら簡単《かんたん》に渡《わた》れるけどね。わたしはよく、家族《かぞく》の食料《しょくりょう》のニンジンをもらうために、崖《がけ》の向《む》こう側に渡《わた》るの。向《む》こう側の畑には動物にとても親切《しんせつ》な農家《のうか》のおじいさんがいるのよ」

「ぼくたち、どうしてもこの崖《がけ》を越《こ》えて、『集《つど》いの牧場《まきば》』に行かなければならないんだ。君、この橋をよく渡《わた》るって言ってたけど、人間が渡《わた》る姿《すがた》を見たことはある？」

ぼくはすがるように白ウサギにたずねました。

「ええ、あるわよ。時々、人間がここを渡《わた》るのを見ることがあるわ」

その言葉を聞いた途端《とたん》、ぼくはほっと胸《むね》をなでおろすとともに、次に白ウサギが発《はっ》する言葉を今か今かと待《ま》ち望んだのです。

第2話　崖《がけ》のからくり

木橋《きばし》を利用して崖《がけ》を渡《わた》ることが不可能《ふかのう》であることを知ったぼくたちは絶望感《ぜつぼうかん》におそわれ、半ば『集《つど》いの牧場《まきば》』への冒険《ぼうけん》をあきらめかけていましたが、運《うん》よく出会った白ウサギのおかげで再《ふたた》び希望が芽《め》生えたのでした。

「人間がここを渡《わた》るのを見たって本当かい？この木橋《きばし》は人間の体重《たいじゅう》を支《ささ》えられないのに、いったいどうやって渡《わた》っていたの？」

ジェイクが目を大きく見開いて、早口にたずねました。

「木橋《きばし》の入り口の真下をのぞいてごらんなさい。壁《かべ》にスイッチがあるはずよ」

白ウサギが橋の入り口付近《ふきん》を指《ゆび》さしました。

その言葉を聞いた途端《とたん》、ディランがうつ伏《ぶ》せの姿勢《しせい》で崖《がけ》から頭《あたま》を出し、橋の下側の壁《かべ》を観察《かんさつ》し始めたのです。

「あっ、本当だ！縦《たて》に2つボタンが並《なら》んでいる。上側のボタンには上向《うわむ》きの矢印《やじるし》が、そして下側のボタンには下向《したむ》きの矢印《やじるし》の絵が描《えが》かれているよ」

ディランがぼくたちを振《ふ》り返《かえ》って、大声で知らせました。

「まるでエレベーターみたいね。あっ、わかった。ひょっとしてそのボタン、本当のエレベーターのボタンなんじゃないかしら。きっと下のボタンを押《お》せば崖《がけ》の下に降《お》りられて、上のボタンを押《お》せば崖《がけ》を渡《わた》れるってことなんだわ」

ステラが嬉《うれ》しそうな声を上げました。

「素晴《すば》らしい推理《すいり》だけど、ボタンはエレベーターを呼《よ》ぶためのものではないわ。崖《がけ》を渡《わた》るときは上のボタン、崖《がけ》の下に移動《いどう》するときは下のボタンを押《お》すってところまでは正解だけれど」

白ウサギがクスクスと笑いながらぼくたちを見つめました。

「どういうこと？もっと詳《くわ》しく説明《せつめい》してほしいわ」

ナンシーがしびれを切らした様子でたずねました。

「実はこの崖《がけ》の下はピンクストーンと呼《よ》ばれる宝石《ほうせき》の鉱床《こうしょう》になっているの。上のボタンを押《お》すことで、鉱床《こうしょう》は崖《がけ》の底《そこ》から物体を押《お》し上げる力を発《はっ》し、下のボタンを押《お》せば、逆に崖《がけ》の底《そこ》に物体を吸《す》い寄《よ》せるエネルギー波《は》が発《はっ》せられるの。」

白ウサギが得意《とくい》げな表情を浮《う》かべました。

「そういうことか。意外《いがい》と簡単《かんたん》な仕組《しく》みだったんだね。もっとしっかりと周《まわ》りを観察《かんさつ》しておけばよかった。ボタンの存在《そんざい》に気づけなかったのがなんだか少し恥《は》ずかしい気分だよ。ディラン、さっそく上のボタンを押《お》してくれるかい？　さっさと崖《がけ》を渡《わた》っちゃおうよ」

元気を取り戻《もど》したぼくがディランにたずねました。すると白ウサギが慌《あわ》てて言ったのです。

「あなたたち、ボタンを押《お》したからといって、そのまま崖《がけ》を渡《わた》ろうとしたらダメよ。落下《らっか》して死んでしまうわ」

その言葉を聞いたぼくたちは混乱《こんらん》のあまり、困惑《こんわく》の表情を浮《う》かべながらお互《たが》いの顔《かお》を見つめ合いました。

「いったいどういうことなんだい。ピンクストーンのエネルギーを使えば人間でも崖《がけ》を渡《わた》ることができるんでしょ？」

うつ伏《ぶ》せだったディランがボタンを押《お》すのをやめ、不機嫌《ふきげん》そうな様子でさっと立ち上がりました。

「混乱《こんらん》させちゃってごめんなさいね。順序《じゅんじょ》立てて説明《せつめい》したいんだけれど、あなたたちがせかすから中々思い通りにいかないわ。実は、人間がこの場所から崖《がけ》を渡《わた》ったり、降《お》りたりするのには2つの条件《じょうけん》を満たす必要《ひつよう》があるの。1つは、適切《てきせつ》なボタンを押《お》して、ピンクストーンのエネルギー波《は》を放出《ほうしゅつ》させること、そしてもう1つは『大王タンポポの綿毛《わたげ》』を手に入れることよ。大王タンポポの綿毛《わたげ》を手に持った状態《じょうたい》でボタンを押《お》せば崖《がけ》を渡《わた》るのも、降《お》りるのも自由自在《じゆうじざい》だわ」

すべて説明《せつめい》を終えた白ウサギが、呼吸《こきゅう》を整《ととの》えるためにふうっと息《いき》を吐《は》きました。

「大王タンポポの綿毛《わたげ》ですって。それはこの近くに生えているのかしら」

ナンシーがきょろきょろと辺りを見回しました。すると、それまで静観《せいかん》を保《たも》っていたミラが突然《とつぜん》声を上げたのです。

「大王タンポポは森の散策道《さんさくどう》には1本も生えていないわよ。花も綿毛《わたげ》もピンク色の、とても大きくてきれいなタンポポなのよ」

「困《こま》ったなあ。森の散策道《さんさくどう》に1本も生えていないとなると、いったいぼくたちはどこに行ってそのタンポポの綿毛《わたげ》を摘《つ》んだらいいんだろうか」

ジェイクが困《こま》り果《は》てた表情を浮《う》かべて腕組《うでぐ》みをしました。

「わたし、大王タンポポがたくさん生えている場所を知っているわ。ここからすごく近い場所よ」

白ウサギが言いました。

「森の散策道《さんさくどう》には1本も生えていないのに、近いっていうのはどういうこと？まさか崖《がけ》の向《む》こう側に生えているとか？」

ぼくは崖《がけ》の向《む》こう側の穀倉地帯《こくそうちたい》に視線《しせん》を向《む》けました。

「実はね、この崖《がけ》の底《そこ》のピンクストーンの鉱床《こうしょう》近くにいっぱい生えているの」

その言葉が何を意味《いみ》するのかを瞬時《しゅんじ》に悟《さと》ったぼくは、再《ふたた》び絶望感《ぜつぼうかん》に襲《おそ》われたのです。

　人間が崖《がけ》を渡《わた》るのに必要《ひつよう》な植物、大王タンポポの綿毛《わたげ》が谷底《たにぞこ》にあることを知ったぼくたちはがっくりと肩《かた》を落《お》とし、出る言葉もなく白ウサギを呆然《ぼうぜん》と見つめました。ぼくたちの気落《きお》ちした姿《すがた》を目の当たりにした白ウサギは、その雰囲気《ふんいき》を察《さっ》したかのように言葉を切り出しました。

「こんな深《ふか》い谷《たに》の底《そこ》にたどり着《つ》くのは不可能《ふかのう》だと思っているのね。そんなにがっかりしないで。わたし、崖《がけ》の下に行く方法を知っているのよ。少し危険《きけん》を伴《ともな》うけど、あなたたち勇気《ゆうき》も知恵《ちえ》も十分に備《そな》わっている感《かん》じがするからきっと大丈夫《だいじょうぶ》だわ」

「いくら勇気《ゆうき》があると言ってもプロの登山家《とざんか》みたいにこの崖《がけ》を下っていくのはわたしには無理だわ。考《かんが》えただけでぞっとするもの」

　すかさずステラが反応《はんのう》しました。

「そんな無茶《むちゃ》をすすめたりなんかしないわ。実は、この付近《ふきん》の森の中に『空洞樹《くうどうじゅ》の迷宮《めいきゅう》』と呼《よ》ばれる場所があるの。地上からピンクストーンの鉱床付近《こうしょうふきん》まで続《つづ》く地下道で、そこを無事《ぶじ》に通り抜《ぬ》けることができれば谷底《たにぞこ》の大王タンポポを手に入れられるわ」

　白ウサギの言葉を聞いた途端《とたん》、ぼくは迷宮《めいきゅう》という言葉が放《はな》つ魅力《みりょく》にとらわれ、頭《あたま》の中に好奇心《こうきしん》が渦巻《うずま》き始めるのを感《かん》じました。

「迷宮《めいきゅう》って、まさか道が複数《ふくすう》に分岐《ぶんき》して迷路《めいろ》みたいになっているってこと？それはそれで、だいぶ危険《きけん》なんじゃないかな。遭難《そうなん》したら大変《たいへん》なことになるわけだし」

　ジェイクが顔《かお》を引きつらせました。

「空洞樹《くうどうじゅ》の迷宮《めいきゅう》はわたしたち動物も利用することがあるの。なぜなら崖《がけ》の下には怪我《けが》の回復《かいふく》に役立つ薬草《やくそう》がたくさん生えているからよ。実は昔、わたしのご先祖様が薬草《やくそう》を取りに迷宮《めいきゅう》に入り込《こ》んだとき、人間が落《お》とした迷宮《めいきゅう》の地図を偶然《ぐうぜん》に見つけたことがあったの。それは、わたしたちの家系に代々受《う》け継《つ》がれていて、今はわたしのお父さんが持っているのよ。わたしが事情を話せば、お父さんはきっとあなたたちに地図を貸《か》してくれると思うわ。わたし自身迷宮《めいきゅう》に入ったことは一度もないんだけれど、前から一度崖《がけ》の下に行ってみたいって思っていたの。だから、もしお父さんが許《ゆる》してくれたら、わたしもあなたたちと一緒《いっしょ》に同行するわ」

白ウサギが真剣《しんけん》な眼差《まなざ》しをぼくたちに向《む》けました。

「それはすごく助《たす》かるわ。じゃあ、さっそくわたしたちを案内《あんない》してちょうだい。ねえ、あなた名前はなんていうの?」

ナンシーがたずねました。

「わたしの名前はアニーよ。よろしくね」

アニーと交互《こうご》に握手《あくしゅ》を交わしたぼくたちは、ついでに自分たちの自己紹介をしました。

「じゃあ、みんな、まずはわたしの家に行くわよ。ついて来て」

アニーはそう言うと、森の中へ駆《か》け出し、ぼくたちを誘導《ゆうどう》し始めました。

ぼくたちが息《いき》を切らせながら、森の中を早足でしばらく移動《いどう》すると、突然《とつぜん》アニーが立ち止まり、ぼくたちを振《ふ》り返《かえ》りました。

「さあ、着《つ》いたわ。ここがわたしの家よ」

ぼくがしゃがみ込《こ》んで目を凝《こ》らすと、目の前に大きな巣穴《すあな》があるのがわかりました。

「ただいま。お客さんを連《つ》れてきたわ」

アニーが巣穴《すあな》に向《む》かって大きな声で言いました。すると、中からぞろぞろとウサギが5匹《ひき》飛《と》び出てきたのです。

「アニー、ずいぶん遅《おそ》かったじゃないか。しかも、お客さんて、人間を連《つ》れてきたのかい。不用意《ふようい》に人間に近づくなとあれほど言っておいたのに」

アニーの父親《ちちおや》と思えるウサギが警戒心《けいかいしん》で一杯《いっぱい》の眼差《まなざ》しをぼくたちに向《む》けました。

「お父さん、ルークたちはすごくいい人たちよ。マジックパークに当選《とうせん》した初《はじ》めてのお客さんなんですって」

「ルークだって。なんだ、ルークと仲間《なかま》たちだったのか。それなら安心だ。君たちのことは空のトンネルのてんとう虫たちから聞いているよ。君たちが来たら何でも協力《きょうりょく》するようにって動物たちにも通達が来ているんだ」

「ねえ、お父さん。ルークたち、崖《がけ》の下に行って大王タンポポの綿毛《わたげ》を摘《つ》まなきゃいけないの。崖《がけ》の向《む》こう側に渡《わた》るためよ。空洞樹《くうどうじゅ》の迷宮《めいきゅう》を通って谷底《たにぞこ》に行く必要《ひつよう》があるんだけど、道に迷《まよ》ったら大変《たいへん》だから地図を貸《か》してあげてくれない？」

アニーが懇願《こんがん》するような目で父親《ちちおや》を見つめました。

「あの地図は1つしかないから、なくなるとわたしたちも非常に困《こま》るんだ。どうしたものか」

父ウサギが困惑《こんわく》の表情を浮《う》かべました。すると突然《とつぜん》、父ウサギのわきにいた子ウサギが声を上げたのです。

「ねえ、パパ。ぼくお腹空《なか》いたよ。たまには心から美味《おい》しいって思えるものを食べてみたいな」

「オレオ、贅沢《ぜいたく》を言ったらだめだ。森の中にある野草《やそう》だって十分に栄養《えいよう》があるんだから」

父ウサギが子ウサギに視線《しせん》を向《む》けました。そのとき、ぼくにあるアイディアが思い浮《う》かんだのです。

第3話　父ウサギの決断《けつだん》

空洞樹《くうどうじゅ》の迷宮《めいきゅう》の地図を借《か》りるため、ぼくたちは白ウサギ、アニーの巣穴《すあな》にやって来ました。ぼくたちの正体を知った父ウサギは協力《きょうりょく》的な姿勢《しせい》を示しつつも、たった1つしか存在《そんざい》しない地図を貸《か》すことに躊躇《ちゅうちょ》している様子でした。そんな折に、アニーの弟、オレオが空腹《くうふく》と普段《ふだん》取っている食事に対する不満の念を表明したのです。

「オレオ、もしよかったらこれを食べてみな。君たちに全部あげるよ」

ぼくはかばんの中から8種《しゅ》の木の実チョコを取り出し、オレオに差《さ》し出しました。

「わあ、美味《おい》しそう。これ、ひょっとしてチョコレートっていうお菓子《かし》？ぼく、においに敏感《びんかん》だから人間がチョコレートを食べるのを見るたびに、うらやましくて仕方《しかた》なかったんだ。これもすごくいい香《かお》りがするよ。本当にこんな物もらっちゃっていいの？ありがとう、ルーク」

ぼくからチョコレートを受《う》け取ったオレオは、器用《きよう》に包装紙《ほうそうし》と銀紙《ぎんがみ》をはがし、木の実がぎっしり詰《つ》まったチョコレートをひとかじりしました。

「わあ、すごく美味《おい》しい。ねえ、みんなも食べてみて」

口の周りをチョコだらけにしたオレオが興奮《こうふん》した様子で、家族《かぞく》に一口分ずつチョコレートを配りました。すると、アニーを含《ふく》む5匹《ひき》のウサギから感激《かんげき》のうめき声が洩《も》れ、白ウサギの家族《かぞく》は幸《しあわ》せそのものの表情を浮《う》かべたのです。

「ああ、なんて美味《おい》しい食べ物なんだ。ルーク、君は自分が食べるために持ってきたこんなに素晴《すば》らしい食べ物を、ためらいもせず私たちに与えてくれた。私はこの感動《かんどう》を生涯忘《しょうがいわす》れることはないだろう。それに比べて地図を貸《か》すのをためらった私はなんて心が狭《せま》かったことか。ほら、持って行きなさい。君たちのような信頼《しんらい》できる人物には喜《よろこ》んでこの地図を貸《か》してあげよう」

父ウサギは、いったん巣穴《すあな》に戻《もど》り、地図を持って再《ふたた》び姿《すがた》を現《あらわ》すと、それをすっとぼくたちに差《さ》し出しました。

「ありがとうございます。本当に感謝《かんしゃ》します。大王タンポポの綿毛《わたげ》を摘《つ》んで、必《かなら》ず無事《ぶじ》に地図を返《かえ》しに戻《もど》ります」

ぼくは父ウサギの前足をぎゅっと握《にぎ》りました。

「あの、もしよかったらこれも持って行ってちょうだい。あなたたち、動物の言葉をリンガを利用して話してるんでしょ。知っているとは思うけど、あの魔法《まほう》の効果《こうか》は10分間で、その後再度リンガを使うには1時間の間を空《あ》ける必要《ひつよう》があるの。理由は魔法《まほう》を使ったことによる精神疲労《せいしんひろう》を回復《かいふく》させるのに一定時間を要するからよ。ただし、私たちが調合《ちょうごう》したこの薬草錠剤《やくそうじょうざい》を1粒《つぶ》飲めば、瞬時《しゅんじ》に精神疲労《せいしんひろう》を回復《かいふく》させることができるわ。

だから、リンガの効果《こうか》がなくなっても、すぐにまた魔法《まほう》をかけることができるようになるわよ」

母ウサギはそう言うと、ステラに緑色の薬草錠剤《やくそうじょうざい》を3粒《つぶ》手渡《わた》しました。

「お母さん、ありがとう。これってつまり、わたしもルークたちと一緒《いっしょ》に谷底《たにぞこ》までついて行ってもいいってこと?」

アニーが嬉《うれ》しそうな眼差《まなざ》しを母ウサギに向《む》けました。

「アニー、ルークたちをしっかりと案内《あんない》してあげなさい。彼らが道に迷《まよ》わないようにね」

父ウサギがアニーの肩《かた》をポンとたたきました。

「お父さん、ありがとう。本当に嬉《うれ》しいわ」

アニーはそう言うと、周囲《しゅうい》をぴょんぴょんと飛《と》び跳《は》ねました。

「地図があったとしても迷宮《めいきゅう》を抜《ぬ》けるのは容易《ようい》ではないから、油断《ゆだん》してはいけないよ。そうだ、君たちにこれも渡《わた》しておこう。森の散策道《さんさくどう》の灰色《はいいろ》グマの家族《かぞく》からいただいた、桃色バチのはちみつで作ったキャンディーだ。体力を消耗《しょうもう》したらこれをなめるといいよ」

父ウサギがぼくたちに桃色バチのはちみつキャンディーを4粒《つぶ》分け与えてくれました。そのときぼくは、ディランとLBCスタッフのジェフリーの顔《かお》が青ざめているのを見逃《みのが》しませんでした。

「灰色《はいいろ》グマって、きっとあの獰猛《どうもう》なクマのことだよな。思い出すだけで頭《あたま》がくらくらするよ」

ディランの額《ひたい》には冷《ひ》や汗《あせ》がにじんでいました。

「でも、このキャンディーはきっとぼくたちの命を救《すく》うことになるんだと思うよ。灰色《はいいろ》グマに感謝《かんしゃ》しないとね」

ジェイクが意地悪《いじわる》そうにクスクスと笑いました。

「さあ、そろそろ出発《しゅっぱつ》しましょ。さっさと迷宮《めいきゅう》を抜《ぬ》けて大王タンポポの綿毛《わたげ》を取るんだから」

ぼくにはナンシーの張《は》り切った声がとても頼《たの》もしく、そして勇敢《ゆうかん》に聞こえました。

こうしてぼくたちは、改《あらた》めて白ウサギ一家に感謝《かんしゃ》の気持ちを告《つ》げると、アニーに連《つ》れられていよいよ空洞樹《くうどうじゅ》の迷宮《めいきゅう》へと出発《しゅっぱつ》したのです。

白ウサギ一家の巣穴《すあな》を出発《しゅっぱつ》したぼくたちは、アニーに導《みちび》かれるままに森の中を歩き続《つづ》けました。移動途中《いどうとちゅう》でリンガの効果《こうか》が失効《しっこう》してしまったらしく、ぼくたちが話しかけてもアニーはキュッキュッという動物の鳴《な》き声で反応《はんのう》するのみでした。薬草錠剤《やくそうじょうざい》の保有《ほゆう》数に限《かぎ》りがあるため、ぼくたちはステラの判断《はんだん》により、もうしばらくこの状態《じょうたい》を維持《いじ》することにしました。

さらに数分が経過《けいか》したとき、アニーが一瞬《いっしゅん》動きを止め、ぼくたちを振《ふ》り返《かえ》りました。ぼくが目を凝《こ》らして周囲《しゅうい》を観察《かんさつ》すると、前方に驚《おどろ》くほど大きな目立ったクリーム色の木が目に留《と》まりました。その木はまるで加工《かこう》されているかのようにつるつると樹皮《じゅひ》がなく、直径《ちょっけい》5メートルほどの太さがありました。ぼくたちがゆっくりとその木に向《む》かって歩を進めると、木の幹《みき》や枝《えだ》の周辺にはたくさんのリスやネズミのようなげっ歯類が盛《さか》んに行き来していたのです。

「リンガ！」

薬草錠剤《やくそうじょうざい》を1粒服用《つぶふくよう》したステラが絶妙《ぜつみょう》のタイミングで叫《さけ》びました。

「アニー、わたしたち着《つ》いたのね」

ステラが問いかけると、アニーがぼくたちにわかる言葉で答《こた》えました。

「ええ、あの太い木が空洞樹《くうどうじゅ》よ。その名の通り、木の内部は空洞《くうどう》になっていて、住居《じゅうきょ》に適《てき》しているの。実は、木が地下に伸《の》ばす根《ね》も中が空洞《くうどう》になっていて、それが谷底《たにぞこ》まで続《つづ》く迷宮《めいきゅう》になったと言われているの」

「木の根《ね》の迷宮《めいきゅう》だなんて、すごいや。ぼく、わくわくしてきた」

ジェイクが目をキラキラさせて空洞樹《くうどうじゅ》を見つめました。

すると、木の大枝《おおえだ》からシマリスが顔《かお》を出し、ぼくたちにたずねたのです。

「君たち、空洞樹《くうどうじゅ》の迷宮《めいきゅう》に入るつもりかい。それなら、合言葉を言いな」

ぼくたちは顔《かお》を見合わせると、期待《きたい》を込《こ》めてアニーに視線《しせん》を送りました。

「わたし、空洞樹《くうどうじゅ》の迷宮《めいきゅう》に入るのこれが初《はじ》めてなの。合言葉が必要《ひつよう》だなんて知らなかったわ。お父さんも特《とく》に何も言ってなかったし」

アニーが困惑《こんわく》の表情を浮《う》かべました。

「ねえ、ルーク、アニーのお父様から借《か》りた地図を出してみて。何か書いてあるかもしれないわ」

ナンシーがぼくの上着《うわぎ》のポケットを指《ゆび》さしました。

ぼくはすかさず地図を取り出し、それを凝視《ぎょうし》しました。地図には入り口から出口までの詳細《しょうさい》な図が掲載《けいさい》されていましたが、特《とく》に文字らしいメモは見つかりませんでした。ぼくがため息《いき》をついて何気なく地図を裏返《うらがえ》しにすると、そこに文字のようなものが書いてあるのが見つかったのです。

「アニー、ここに文字が書いてあるよ。ぼくには読めないけど、これが合言葉なんじゃないかな」

ぼくが地図の裏《うら》面の手書き文字をアニーに見せると、アニーはそれを素早《すばや》く読み、大声で叫《さけ》びました。

「エリス！」

すると、シマリスはにやっと笑い、ぼくたちに金色のカギを投《な》げてよこしたのです。

「そのカギで空洞樹《くうどうじゅ》の扉《とびら》を開きな。気をつけて行ってくるんだぜ」

カギをキャッチしたディランは空洞樹《くうどうじゅ》の幹《みき》に近づくと、幹《みき》の下の方に位置《いち》する鍵穴《かぎあな》を発見《はっけん》し、そこに金色のカギを差《さ》し込《こ》んで左側に回しました。すると、ギーという音とともに幹《みき》の扉《とびら》が徐々《じょじょ》に開いていったのです。

「さあ、入るわよ」

ナンシーにうながされ、ぼくたちは順々《じゅんじゅん》に空洞樹《くうどうじゅ》の内部に足を踏《ふ》み入れました。木の内部はとても広く、下側には迷宮《めいきゅう》の入り口と思われる根《ね》の階段《かいだん》が続《つづ》いていました。そしてなんと、木の上側にも上《のぼ》れるようにはしごがかかっており、上部からは幻想《げんそう》的な音楽《おんがく》が流れ込《こ》んできたのです。

ぼくたちが迷宮《めいきゅう》の入り口の階段《かいだん》へ進もうとすると、上からしわがれたような声が聞こえてきました。

「よう、お客さん。このまま迷宮《めいきゅう》に入り込《こ》むつもりかい。そいつはちょっと無茶《むちゃ》だと思うぜ。うちの店の商品《しょうひん》を見ていきな。しっかりとそろえる物をそろえてからでないと、痛《いた》い目を見るぜ」

ぼくが頭上《ずじょう》を見上げると、上側に向《む》かう最初《さいしょ》のはしごの上にあると思われる店のカウンターからアナグマが顔《かお》をのぞかせているのがわかりました。

「まあ、こんな所にもお店があるのね。ちょっとだけのぞいてみましょうよ」

ステラが興味津々《きょうみしんしん》の様子でぼくたちをうながしました。

「ぼくも賛成《さんせい》。この迷宮《めいきゅう》、なんだか危険《きけん》な予感《よかん》がするんだよね。何か役立つものが売っているかどうか見てみようよ」

他の仲間《なかま》たちもぼくとステラの意見《いけん》に同調《どうちょう》し、結局《けっきょく》ぼくたちはアナグマの店に立ち寄《よ》ることに決めました。

第4話　アナグマの店

空洞樹《くうどうじゅ》の内部に入ったぼくたちは、はしごの上に位置《いち》する店の主人、アナグマの忠告《ちゅうこく》を聞き入れ、迷宮《めいきゅう》に足を踏《ふ》み入れる前に、店の商品《しょうひん》を見てみることにしました。ライラックさんの魔法《まほう》屋のときと同様に、カウンターの上にはラミネートされた商品一覧《しょうひんいちらん》が置《お》かれていました。

「さあ、よく見て行きな。まず、言っておくが迷宮《めいきゅう》内は照明《しょうめい》がなく真っ暗闇《くらやみ》だ。あんたたち、照明具《しょうめいぐ》は持っているのかい？」

アナグマの店主がぼくたちを見つめました。

「懐中電灯《かいちゅうでんとう》ならぼくが持っています。ああ、持ってきて本当によかった」

ディランはそう答《こた》えると、胸《むね》をなでおろしました。

「そいつは感心《かんしん》だ。ただし、懐中電灯《かいちゅうでんとう》だけでは明るさは十分とは言えんだろう。見通しが悪くては事故《じこ》に遭《あ》うかもしれんからな。そこで、この『発光《はっこう》ゴケの粉《こな》』の出番《でばん》てわけだ。いいか、迷宮《めいきゅう》の中に入ったらすぐにこの粉《こな》を地面に撒《ま》くんだ。そして、あんたたちが持っている懐中電灯《かいちゅうでんとう》でそれを照《て》らすんだ。すると不思議《ふしぎ》なことに光の栄養《えいよう》を存分《ぞんぶん》に得《え》た発光《はっこう》ゴケは無限増殖《むげんぞうしょく》を始めるのさ。１分もすれば迷宮《めいきゅう》内は緑や黄色の蛍光《けいこう》色で全体が覆《おお》いつくされ、見通し万全ってわけだ。どうだい、素晴《すば》らしい商品《しょうひん》だと思うだろ」

アナグマ店主が自信満々《じしんまんまん》の表情を浮《う》かべました。

「すごく魅力《みりょく》的な商品《しょうひん》だと思います。代金はおいくらなんですか？」

ぼくはアナグマ店主にたずねました。

「１５０ハピネスだ。安いだろ」

「わたしたち、あと４５０ハピネス残《のこ》っていたはずよね。一応確《いちおうたし》かめてみるわ」

ナンシーはそう言うと、リュックサックの中から緑色の風呂敷《ふろしき》を取り出しました。ナンシーが現在《げんざい》のぼくたちの保有《ほゆう》ハピネス値《ち》をたずねると、驚《おどろ》くべきことに風呂敷《ふろしき》は２１５０ハピネスという値《あたい》を伝《つた》えたのです。

「何でこんなに増《ふ》えているのかしら。ひょっとしたら、空のトンネルのてんとう虫たちや、アニーの家族《かぞく》からの感謝《かんしゃ》の気持ちが反映《はんえい》されているのかもしれないわね」

ステラが持論を展開《てんかい》しました。

「これなら余裕《よゆう》をもって発光《はっこう》ゴケの粉《こな》を買えるね。あとは何かおすすめはありますか」

ジェイクがたずねました。

「２０００ハピネスあれば魔法《まほう》が１つ買えるぞ。ほら、リストをよく見てみな」

アナグマ店主が商品一覧《しょうひんいちらん》の中の魔法欄《まほうらん》を指《ゆび》さしました。

リストにはぼくたちになじみの『ヒーラ』、『スランバ』、『リンガ』、そして初《はじ》めて目にする『マーカ』という名の魔法《まほう》が掲載《けいさい》されていました。

「『マーカ』って魔法《まほう》は初《はじ》めて見るね。どんな魔法《まほう》なんですか」

ぼくはアナグマ店主にたずねました。

「こいつは本当に役立つ魔法《まほう》なんだ。ここで買うなら絶対《ぜったい》これがおすすめだ。いいかい、マーカを唱《とな》えると使用した人物とその仲間《なかま》は、マジックパーク内で訪《おとず》れたことのある、どんな場所にでも瞬時《しゅんじ》に移動《いどう》できるんだ。つまり、万が一あんたたちが迷宮《めいきゅう》で道に迷《まよ》った場合、もしくはお宝《たから》を探《さが》すために意図的に出口とは違《ちが》う方向《ほうこう》に進んだ場合、一度通った場所にならどこにでも戻《もど》ることができるってわけだ。どうだい、すごいだろ」

アナグマ店主の説明《せつめい》を聞いたぼくは、マーカの魔法《まほう》の便利《べんり》さに魅惑《みわく》され、どうしても買いたいと思いました。また、それと同時に、彼が言及《げんきゅう》した『お宝《たから》』という言葉に大きく惹《ひ》かれ、心の中で好奇心《こうきしん》がどんどん膨《ふく》らんでいったのです。

「『リンガ』の次に購入《こうにゅう》する魔法《まほう》は『ヒーラ』って決めてたけど、今回は『マーカ』を選択《せんたく》した方が良さそうね。どう思う、ルーク?」

ナンシーがぼくにたずねました。

「発光《はっこう》ゴケの粉《こな》と両方買うとハピネス値《ち》がゼロになっちゃうけど、ぼくはナンシーと完全《かんぜん》に同じ意見《いけん》だよ。マーカの魔法《まほう》はぼくたちのこれからの冒険《ぼうけん》に本当に役立つはずだからね」

「ちょっと待《ま》った、お客さん。あんた、ひょっとしてルーク・ガーナーかい？ あんたの名前はこの俺《おれ》の耳にでさえ入っているよ。やあ、光栄だな。よし、じゃあ発光《はっこう》ゴケの粉《こな》と『マーカ』の両方を買ってくれたら、ほんの気持ちだけど、割引《わりびき》してあげよう。両方合わせて2050ハピネスでどうだい？」

「そうすると、100ハピネスが残《のこ》る形になるね。ルーク、これなら文句ないんじゃない？」

ディランがぼくの判断《はんだん》を仰《あお》ぎました。

「うん、すごくいい買い物をした気分だよ。店主さん、ありがとうございます。では、2つとも購入《こうにゅう》させていただきたいと思います」

ぼくはそう言うと、ナンシーから受《う》け取った緑色の風呂敷《ふろしき》をカウンターの上に置《お》きました。すると、風呂敷《ふろしき》は一瞬《いっしゅん》さっと光を放《はな》ち、その光はそのままアナグマ店主の持つ赤茶色の風呂敷《ふろしき》へと吸収《きゅうしゅう》されたのです。

「お会計は済《す》んだよ。ほら、これが発光《はっこう》ゴケの粉《こな》だ。使うときはこの袋《ふくろ》を破《やぶ》って中身を出せばいい。ちなみに発光《はっこう》ゴケは24時間立つと発光《はっこう》が止まってしまうから、あまりダラダラとしてちゃいけないぞ。次に『マーカ』だが、誰《だれ》が覚《おぼ》えるんだい？」

アナグマ店主がぼくたちをじろりと見まわすと、ぼくの横《よこ》でさっと手が上がりました。

「ぼくが覚《おぼ》えるよ。みんな、いいでしょ？」

手を挙《あ》げたのはジェイクでした。

「いいわよ、ジェイク。その代わり、しっかりとわたしたちを守ってね」

ステラがジェイクの肩《かた》をポンとたたきました。

その後ジェイクはアナグマ店主と共《とも》に、はしごをさらに上の階《かい》まで上《のぼ》り、『マーカ』の呪文《じゅもん》を授《さず》けられました。再《ふたた》び階段《かいだん》を下《お》りてきたジェイクの自信《じしん》に満《み》ちた表情を目の当たりにしたとき、ぼくには彼が一回りも二回りも大きく成長したように感《かん》じられたのです。

アナグマの店での買い物を済《す》ませたぼくたちは、ついに空洞樹《くうどうじゅ》の迷宮《めいきゅう》へ入り込《こ》むことを決意《けつい》しました。色々と話し合った結果《けっか》、迷宮《めいきゅう》内を大人数で行動することは危険《きけん》だという結論《けつろん》に至り、ぼくたち5人以外《いがい》で随行《ずいこう》するのは白ウサギのアニーとLBCのカメラマン、ダニエルのみで、案内《あんない》役のミラや、LBCのナタリー、ジェフリーは空洞樹《くうどうじゅ》内の3階《かい》にある『どんぐり喫茶《きっさ》』で待機《たいき》していることになりました。

「あなたたち、気をつけて行ってきてね。いい、無事《ぶじ》に谷底《たにぞこ》に出られたら作戦《さくせん》通り『マーカ』でここに戻《もど》って来るのよ。そうすれば、再度マーカを使うことで、私たちは安全に谷底《たにぞこ》まで移動《いどう》できるわ」

ミラが念押《ねんお》しをしました。

「ダニエル、しっかりとこの子たちの様子をカメラに収《おさ》めてきてね。私は、上の喫茶《きっさ》から視聴者《しちょうしゃ》に実況中継《じっきょうちゅうけい》するわ」

ナタリーがダニエルにハイファイブをしました。

「さあ、みんな準備《じゅんび》はいい？そろそろ出発《しゅっぱつ》するよ」

ぼくは仲間《なかま》たちに声をかけました。

そして、いよいよぼくたちは、空洞樹《くうどうじゅ》の根《ね》の階段《かいだん》を一歩一歩コツコツと音を立てながら下《お》りて行ったのです。12段《だん》ほどの階段《かいだん》を下《お》りきると、その後は傾斜《けいしゃ》のない真っすぐの通路が続《つづ》いているようでした。アナグマ店主の言う通り、ディランの懐中電灯《かいちゅうでんとう》だけでは十分な見通しが得《え》られず、さっそくぼくたちは発光《はっこう》ゴケの粉《こな》を開封《ふう》したのです。

ぼくが粉《こな》を地面に撒《ま》き散《ち》らかすと、ディランはすぐにそこに向《む》かって懐中電灯《かいちゅうでんとう》の光を当てました。すると、コケはみるみると電灯の光を吸収《きゅうしゅう》し、黄色や緑に発光《はっこう》し始めたかと思うと、高速で増殖《ぞうしょく》し、あっという間に迷宮《めいきゅう》内を完全《かんぜん》に覆《おお》いつくしたのです。そのオーロラのような光景《こうけい》はとても幻想《げんそう》的で、これこそ世界で最《もっと》も美しい天然《てんねん》のイルミネーションに違《ちが》いないとぼくは確信《かくしん》しました。

「まあ、なんてきれいなのかしら。わたし、写真《しゃしん》を撮《と》っておくわ。帰ったら家族《かぞく》や友達に見せてあげるの」

ステラがカメラを取り出し、迷宮《めいきゅう》内の通路をパシャパシャと撮《と》り始めました。明るさが十分に確保《かくほ》できたので、ぼくは上着《うわぎ》のポケットから迷宮《めいきゅう》の地図を取り出し、現在位置《げんざいいち》と進路を確認《かくにん》しました。

「しばらくは直進するだけだね、さあどんどん進もう」

地図を持ったぼくは先頭《せんとう》に立って歩きだし、仲間《なかま》たちを誘導《ゆうどう》していきました。ぼくは、木の根《ね》の空洞《くうどう》はとても窮屈《きゅうくつ》なのではないかと想像《そうぞう》していたのですが、意外《いがい》にも空洞樹《くうどうじゅ》の根《ね》は大きく膨張《ぼうちょう》していて、おそらく直径《ちょっけい》が5メートルほどはあるように思えました。

わずかに弾力《だんりょく》のある地面の上をしばらく何事もなく直進すると、さっそく最初《さいしょ》の分岐《ぶんき》点に到達《とうたつ》しました。

「ここで道が左右にわかれている。でも、左に行くとすぐに行き止まりだ。よし、右に進もう」

ぼくがためらうこともなく右に曲《ま》がり、さらに前進しようとすると、突然背後《とつぜんはいご》からジェイクの制止する声が聞こえました。

「ルーク、待《ま》って。左側の通路の奥《おく》に何かが置いてあるよ。ちょっと見てみない？」

ぼくが後ろを振《ふ》り向《む》くと確《たし》かに、左側の通路の行き止まり部分に何か機械《きかい》のようなものが置いてあるのが見えたのです。

「本当だ。すごく気になるね。確《たし》かめに行こう」

好奇心《こうきしん》に心を奪《うば》われたぼくたちは、いったん進路をそれて、左の通路の奥《おく》まで進むことにしました。

少し進むとすぐに通路は行き止まりになり、ぼくたちはすぐにその機械《きかい》のようなものの正体がわかりました。それは、右側面《そくめん》にぐるぐると回すためのハンドルがついた、ガチャガチャだったのです。

「まさか、こんなところでガチャガチャを見るとは思わなかった。10ハピネスって書いてあるけど、どうする？」

ディランが販売機《はんばいき》の前面に表示《ひょうじ》された料金《りょうきん》を指《ゆび》さしました。

「せっかくだからやってみましょうよ。記念《きねん》になるわ」

ナンシーはそう言うと、リュックサックから魔法《まほう》の風呂敷《ふろしき》を取り出しました。風呂敷《ふろしき》を販売機《はんばいき》に近づけると、風呂敷《ふろしき》はさっと光を帯《お》び、その光はそのまま機械《きかい》の中に吸収《きゅうしゅう》されました。

「みなさまの保有《ほゆう》ハピネス値《ち》の残数《ざんすう》は90ハピネスとなります」

風呂敷《ふろしき》から出た音声が響《ひび》き渡《わた》りました。

「ねえ、わたし、回してみてもいい？こういうの大好きなの」

ステラはガチャガチャの機械《きかい》に近づき、右側面《そくめん》にあるハンドルをぐるぐると回し始めました。

すると、コトンという音とともに、丸いボールのような容器《ようき》が下に落《お》ちてきました。その容器《ようき》は空洞樹《くうどうじゅ》の幹《みき》と思われる素材《そざい》で作られていて、ぼくたちには中を空《あ》けるまでその中身がわからないようになっていたのです。

「中には何が入っているのかしら？」

ステラが興味津々《きょうみしんしん》の様子で丸い容器《ようき》を空《あ》けようとしたそのとき、販売機《はんばいき》の前面左上部にある表示《ひょうじ》が、カシャッという音を立て、『販売中《はんばい》』から『売り切れ』へと切り替《か》わったのです。

第5話　3つのボタン

左奥《おく》の壁《かべ》の前に置《お》かれたガチャガチャ機械《きかい》から出てきた丸い木の容器《ようき》を手に持ったステラは、球《たま》の上部を左側に回転《かいてん》させ、カパッとふたを開けました。すると中に入っていたのは小さな黒羊《ひつじ》のフィギュアだったのです。

「まあ、かわいい。まるで本物みたいだわ」

ステラの言う通り、そのフィギュアはまるで本物の動物を縮小《しゅくしょう》したかのようにとても精巧《せいこう》に作られていました。

「ステラ、あなた、それを持っておいてくれる?」

ナンシーに依頼《いらい》されたステラはこくんとうなずくと、嬉《うれ》しそうに黒羊《ひつじ》のフィギュアをかばんの中にしまいました。

「さあ、右側の通路に戻《もど》ろう。迷宮《めいきゅう》の冒険《ぼうけん》はまだ始まったばかりなんだから」

ぼくは地図を片手に仲間《なかま》たちを再《ふた》び誘導《ゆうどう》し始めました。

右側の通路は下り坂《ざか》になっていて、ぼくは歩くごとに地下に移動《いどう》しているのを実感《じっかん》しました。

「下り坂《ざか》はらくちんだね。全然《ぜんぜん》疲《つか》れないや」

ジェイクがのんきな声を上げました。

ぼくたちが速度《そくど》を早めながらどんどん坂《さか》を下っていくと、やがて再《ふた》び通路は平たんに戻《もど》りました。そして間もなく、ぼくたちは目の前の右側面《そくめん》の壁《かべ》に、3色のボタンがあるのに気がつきました。ボタンの色はそれぞれ黒、白、ピンク色で、横《よこ》一列《れつ》に並《なら》んでいたのです。

「見て、ボタンがある。無視《むし》すべきなのか、押《お》すべきなのか、どうすればいいんだろう」

ディランが人差《ひとさ》し指《ゆび》と親指《おやゆび》をあごにのせて、考《かんが》えるしぐさをしました。

ジェイクが気楽《きらく》そうに提案《ていあん》しました。

「何も押《お》さないと後悔《こうかい》するかもしれないから、1つずつ順番《じゅんばん》に押《お》してみようよ」

「ジェイク、空の滝《たき》の台座《だいざ》のボタンを覚《おぼ》えている?下手な行動を取ると命とりだよ」

ぼくはジェイクに忠告《ちゅうこく》しました。

「迷宮《めいきゅう》を出るとピンクストーンがあるんでしょ。なんとなくだけど、ピンクを押《お》したらいいんじゃないかしら」

ナンシーがピンク色のボタンを指《ゆび》さしました。

「確《たし》かにピンクが怪《あや》しいよね。でも、ひっかけかもしれないよ。というのも、さっきぼくたちが手に入れた動物のフィギュアは黒羊《ひつじ》だったでしょ。だから、その色を求《もと》めているのかもしれないじゃないか」

ジェイクが鋭《するど》い指摘《してき》をしました。

混乱《こんらん》してきたぼくたちは、結局《けっきょく》ジェイクの言う通り、それぞれのボタンを順番《じゅんばん》に押《お》してみることにしたのです。まず、ジェイクは動物のフィギュアと同じ色の黒いボタンを押《お》しました。すると突然《とつぜん》、天井《てんじょう》からぼくたちの目の前に真っ黒な石の扉《とびら》が勢《いきお》いよく落《お》ちてきて、前方がふさがれてしまったのです。ぼくたちはあまりのショックに言葉を失《うしな》い、その場に立ちつくしました。

「なんてことなの。道がふさがれてしまったわ。どうしたらいいのかしら」

ナンシーはそう言うと、扉《とびら》に近づき、何か手がかりが得《え》られないかじっくりと観察《かんさつ》し始めました。

「ねえ、ここに何かの彫刻《ちょうこく》があるわ。これはきっとコウモリよ」

「ほんとだ。不気味《ぶきみ》だね。その横《よこ》には杖《つえ》の彫刻《ちょうこく》もあるよ」

ぼくはコウモリの右隣《みぎどなり》の彫刻《ちょうこく》を指《ゆび》さしました。

「それにしてもすごく精巧《せいこう》に彫《ほ》られているなあ」

前に出てきたジェイクがコウモリの彫刻《ちょうこく》を凝視《ぎょうし》し、人差《ひとさ》し指《ゆび》でなぞりました。

すると、それまで無言だった白ウサギのアニーが反射的《はんしゃ》に後方を向《む》き、大きく背後《はいご》に飛《と》び退《の》いたのです。

「みんな、逃《に》げて！邪悪《じゃあく》な気配がするわ」

一目散《いちもくさん》に後ろに駆《か》け出したアニーをぼくたちがわけがわからぬ様子で見ていると、突然《とつぜん》前方の黒い扉《とびら》がぴかっと光り、扉《とびら》の彫刻《ちょうこく》に描《えが》かれていた大型のコウモリがバサバサと翼《つばさ》を羽《は》ばたかせながら、飛《と》び出してきたのです。コウモリはアニーを見ると、目をキラリと輝《かがや》かせ、キーキーと声を上げながらアニーに接近《せっきん》しました。

「危ない！」

ディランは全力疾走《しっそう》し、アニーに追いつき抱《だ》きかかえると、振《ふ》り向《む》きざまにコウモリにこぶしを突《つ》き出しました。コウモリは素早《すばや》くその攻撃《こうげき》をかわすと、キーキーと怒《いか》りの声を出しながら、鋭《するど》い歯をむき出しにしました。そして、体勢《たいせい》を整《ととの》えると、ディランめがけて突進《とっしん》してきたのです。

その鋭《するど》い爪《つめ》はディランの腕《うで》をひっかき、コウモリは大きく開かれた口でディランの肩《かた》にかじりつきました。

「うわあ！」

ディランはアニーを抱《かか》えたまま、苦痛《くつう》に顔《かお》をゆがめ、地面に片ひざをつけました。ぼくが動転してわけがわからぬまま、意《い》を決《けっ》してコウモリに向《む》かって背後《はいご》から飛《と》びかかろうとしたとき、ナンシーの声が響《ひび》き渡《わた》りました。

「ルーク、どいて！邪魔《じゃま》よ！」

その声を聞いたぼくがとっさに脇《わき》にさっと移動《いどう》すると、どこからともなく落雷《らくらい》のような轟音《ごうおん》と同時に稲妻《いなずま》のような光がほとばしり、コウモリに直撃《ちょくげき》しました。コウモリはキーッという音を立て、そのままドサッと地面に落《お》ちると、そのまま動かなくなったのです。そして、しばらくすると、黒い扉《とびら》の中へ吸《す》い込《こ》まれるように戻《もど》っていったのです。

一瞬《いっしゅん》何が起《お》こったのかわからず混乱《こんらん》したぼくは、説明《せつめい》を求《もと》めるようにナンシーを見つめました。しかし、そのとき、ぼくは雷鳴《らいめい》や稲妻《いなずま》を含《ふく》む一連《いちれん》の出来事の事情をすぐに理解《りかい》したのです。なぜなら、ナンシーは扉《とびら》の彫刻《ちょうこく》に描《えが》かれていた真っ黒な杖《つえ》を手に持っていたからです。

「杖《つえ》の彫刻《ちょうこく》に触《ふ》れたら、これが出てきたの。だから、コウモリに向《む》かって思いきり杖《つえ》を振《ふ》ってみたら、あんな風《ふう》になったのよ」

ナンシーが杖《つえ》をひょいと上に持ち上げました。すると、杖《つえ》はナンシーの手をすり抜《ぬ》け上昇《じょうしょう》し、そのまま扉《とびら》に吸収《きゅうしゅう》されてしまいました。あっけにとられたぼくたちがしばらく扉《とびら》を見つめていると、そこにはコウモリと杖意外《つえいがい》に、先ほどはなかったはずの新たな彫刻《ちょうこく》が出現《しゅつげん》したのです。

「カギの彫刻《ちょうこく》がある。さっきはこんなのなかったのに」

ぼくが、その部分を指《ゆび》でなぞると、扉《とびら》からポンと真っ黒なカギが飛《と》び出てきました。

ぼくがそのカギをさっとキャッチすると、扉《とびら》の左中央に鍵穴《かぎあな》が現《あらわ》れました。

「きっとこのカギを差《さ》し込《こ》めば扉《とびら》が開くんじゃないかな」

背後《はいご》からディランの声が聞こえてきました。ぼくが振《ふ》り向《む》くと、ディランの肩《かた》や腕《うで》の傷《きず》は嘘《うそ》のように消え、元気そうにぼくの背後《はいご》でアニーを抱《かか》えていたのです。

「そんなに、驚《おどろ》いた顔《かお》しないでよ、ルーク。桃色バチのはちみつキャンディをなめたのさ」

ディランの説明《せつめい》に、ぼくはすぐに納得《なっとく》しました。

「傷《きず》がふさがって本当によかった。すごく心配《しんぱい》だったのよ」

ステラがほっとした表情を浮《う》かべました。

ぼくが再《ふたた》び扉《とびら》に向《む》き直り、鍵穴《かぎあな》にカギを差《さ》し込《こ》み回転《かいてん》させると、扉《とびら》はシュッと音を立て、影《かげ》のように黒いボタンに吸収《きゅうしゅう》されました。すると、扉《とびら》があった場所の天井《てんじょう》から、こつんと音を立てて、ガチャガチャのときと同じ球状《きゅうじょう》の木の容器《ようき》が落下《らっか》したのです。

急《いそ》いでそれを拾《ひろ》い上げたぼくは、上部のふたを回して開け、中身を確認《かくにん》しました。なんと中から出てきたのは、とてもリアルな白ヤギのフィギュアだったのです。

「また動物のフィギュアだね。ステラ、これも同じ場所に保管《ほかん》しておいてくれる?」

ぼくは、今にも動き出しそうなほど精巧《せいこう》なプラスチック製《せい》のフィギュアをステラに手渡《わた》しました。

「危機一髪《ききいっぱつ》だったね。やっぱりこの迷宮《めいきゅう》はかなり危険《きけん》な場所なのかも」

ジェイクの表情は青ざめていました。

「さあ、次のボタンを押《お》しましょ。めげずに全部押《お》すわよ」

ナンシーはそう言うと、今度はピンクのボタンを押《お》しました。すると、ボタンを含《ふく》む部分の壁《かべ》に縦《たて》長の長方形状の亀裂《きれつ》が生じたかと思うと、そのままボロボロと地面に崩《くず》れ落《お》ち、壁《かべ》の奥《おく》に、埋《う》め込《こ》まれたピンク色の金庫《きんこ》のようなものが現《あらわ》れました。そして金庫《きんこ》には、ハート、星、ダイヤ、正方形、三角形のボタンがついていたのです。

ナンシーが試《ため》しに金庫《きんこ》の扉《とびら》をぐっと引くと、やはりカギがかかっていてびくともしませんでした。

「きっと正しいボタンを押《お》す必要《ひつよう》があるんだわ。ええっと……」

ナンシーはしばらく各ボタンを観察《かんさつ》すると、突然《とつぜん》左手のひらを右のこぶしでポンとたたきました。

「わかったわ。わたしたちが空洞樹《くうどうじゅ》に入ったときの合言葉が『エリス』だったの覚《おぼ》えてる？エリスと言えばラムズ・クウォーター村の海岸でマジックパーク行きのオーディションを開いたときのピンクドラゴンの名前だわ。そして、エリスが発表《はっぴょう》した当選者《とうせんしゃ》はステラだったわね。エリスはダイヤモンドの形をした卵《たまご》から出てきたから、ステラがダイヤモンドのボタンを押《お》せばいいってことよ」

ナンシーの完璧《かんぺき》とも言える推理《すいり》にぼくたち全員が納得《なっとく》しました。そして、ステラが金庫《きんこ》の前に立ち、ダイヤのボタンを押《お》すと、金庫《きんこ》はカチッと音を立てたのです。そのままステラが扉《とびら》を引くと、金庫《きんこ》はすっと開き、中にはこぶしくらいの大きさのピンク色の宝石《ほうせき》が置《お》かれていました。

「わたしの青い宝石《ほうせき》と同じくらいの大きさね。ステラ、大切に持っていなさいよ」

ナンシーがステラの肩《かた》をそっとたたきました。

ステラはありがたそうにピンクの宝石《ほうせき》を手に取ると、しばらくそれを見とれるように眺《なが》め、かばんの中にしまい込《こ》んだのです。

「残《のこ》るは白いボタンのみだね。どうする？押《お》す？それとも先に進む？」

ぼくがみんなの表情をうかがいました。

「せっかくだから押《お》してみようよ。押《お》さずに先に進むと、ずっと気になっちゃうだろうから」

血の気を取り戻《もど》したジェイクが提案《ていあん》しました。

ぼくたちは、ジェイクを見つめると同調《どうちょう》するようにうなずき、改《あらた》めて最後《さいご》に残《のこ》された白いボタンに視線《しせん》を向《む》けたのです。

第6話　閉《と》ざされた空間

残《のこ》された最後《さいご》のボタンを見据《す》えたぼくは、勇気《ゆうき》を振《ふ》り絞《しぼ》ってそれを右の人差《ひとさ》し指《ゆび》でぐいと押《お》しました。すると、ボタンから放射《ほうしゃ》された光のすじがぼくたちの目の前の地面に当たり、大きな白い円が投影《とうえい》されたのです。

「なんだろう、この光は」

ぼくは怪《あや》しく輝《かがや》く円形の光に警戒心《けいかいしん》を高めました。

「何だか不気味《ぶきみ》だね。ジャンプして飛《と》び越《こ》えちゃえ」

ジェイクはそう言って、少し後ろに後退《こうたい》すると、走り幅跳《はばと》びの選手《せんしゅ》のようにきれいなフォームで走り出し、円形の光の手前で大きく前方に跳躍《ちょうやく》しました。ジェイクの体は両腕《うで》と両足が平行状態《じょうたい》でピンと伸《の》び、ぼくは彼が無事《ぶじ》に円の外側に着地《ちゃくち》することを確信《かくしん》しました。

しかし、驚《おどろ》いたことに、ジェイクの体は円の中心でシュンと音を立て、消えてなくなってしまったのです。

「ジェイク、どこにいるの？まさか、いたずらで透明《とうめい》になったんじゃないでしょうね」

ナンシーが大声で叫《さけ》びました。ところが、ジェイクはいつまで経《た》っても姿《すがた》を現《あらわ》さなかったのです。

「どこかにワープしたんだわ、きっと」

白ウサギのアニーがボソッと言いました。

「わたし、パパが言ってたのを思い出したの。空洞樹《くうどうじゅ》の迷宮《めいきゅう》で突然違《とつぜんちが》う場所にワープして、危うく遭難《そうなん》しかかったご先祖様がいるって。きっとこの光のことだわ」

「そういうことなら、みんなでジェイクの後を追おう。ワープした先で地図を見れば、どこに移動《いどう》したか見当《けんとう》がつくかもしれないし」

ディランはぼくを見てうなずくと、光に向《む》かって駆《か》け出しました。すると、光の中に入ったディランの姿《すがた》は一瞬《いっしゅん》にして見えなくなりました。

「さあ、みんな行くわよ」

ステラの合図《あいず》で、ぼくたちは全員一斉《いっせい》に光の円に向《む》かって駆《か》け出しました。そして、円の中に入り込《こ》むと、ぼくは体が何かの力で吸《す》い込《こ》まれ、そして次の瞬間《しゅんかん》には得体《えたい》のしれない力で押《お》し出されるような感覚《かんかく》を味《あじ》わったのです。

一瞬《いっしゅん》のうちに別《べつ》の空間に投《な》げ出されたぼくは、周囲《しゅうい》を見て仲間《なかま》たちが全員そこにいるのを確認《かくにん》し、ほっと胸《むね》をなでおろすと同時に絶望感《ぜつぼうかん》を味《あじ》わいました。なぜなら、地面にはもはや元の場所に移動《いどう》するための白い円形のワープゾーンは存在《そんざい》せず、さらにそのだだっ広い直方体《ちょくほうたい》の空間は、まるで閉《と》ざされた部屋《へや》のように孤立《こりつ》し、それ以上どこにも進みようがなかったからです。

「ぼくたち、閉《と》じ込《こ》められたみたいだ」

ジェイクが大きくため息《いき》をつきました。

「ルーク、地図で場所を確認《かくにん》してみて。閉鎖《へいさ》空間を探《さが》すのよ」

「わかった。今確認《かくにん》するよ、ナンシー」

ぼくは地図を広げて、急《いそ》いで全体に目を通しました。そして、どうにかぼくたちがいる場所の位置《いち》を把握《はあく》することができたのです。

「みんな、ぼくたちは今ここにいるみたいだよ。ほら、悔《くや》しいことに崖《がけ》の底《そこ》への出口のすぐそばにある閉鎖《へいさ》空間《くうかん》だ」

ぼくは地図を指《ゆび》さし、仲間《なかま》たちに現在地《げんざいち》を伝《つた》えました。

「あのボタンには何か意味《いみ》があるはずだと思うわ。とにかく部屋《へや》の中を隅々《すみずみ》まで調《しら》べましょ」

ステラの意見《いけん》を取り入れたぼくたちは、部屋《へや》の壁《かべ》や床、天井《てんじょう》などを丹念《たんねん》に調査《ちょうさ》し始めました。

ぼくたちが部屋《へや》の調査《ちょうさ》を開始してから数分が経《た》った頃《ころ》、突然《とつぜん》ナンシーが大声を上げました。

「ねえ、ちょっと来て。ここの壁《かべ》、触《さわ》るとぼろぼろと崩《くず》れるの。なんだか怪《あや》しいわ」

急《いそ》いでかけ集《あつ》まったぼくたちは、ナンシーを手伝《てつだ》い、ぼろぼろと崩《くず》れる空洞樹《くうどうじゅ》の根《ね》の壁《かべ》を手で払《はら》いながら、どんどん削《けず》り落《お》としていきました。すると、すぐに真っ白な扉《とびら》が姿《すがた》を現《あらわ》したのです。

「隠《かく》し扉《とびら》だ。この扉《とびら》にも彫刻《ちょうこく》があるよ」

ぼくは白い扉《とびら》に描《えが》かれた彫刻《ちょうこく》をじっと眺《なが》めました。そこには、大きく口を開けたドラゴンが描《えが》かれていました。そして、そのドラゴンの右のかぎ爪には、美しい指輪《ゆびわ》がはめられていたのです。

「見事な彫刻《ちょうこく》だね。でも、さっきの黒い扉《とびら》のこともあるし、触《ふ》れるのには勇気《ゆうき》がいるよね」

ジェイクがごくりとつばを飲み込《こ》みました。

「このドラゴン、ひょっとしてピンクドラゴンのエリスかしら。だとしたらわたしたちの味方《みかた》だと思うわ」

ステラがぼくたちの表情を伺《うかが》いました。

「でも、見た目が違《ちが》うんじゃないかな。ぼくたちが浜辺で見たのと同じピンクドラゴンには到底《とうてい》見えないよ」

ディランが指摘《してき》しました。

「ここにいつまでも閉《と》じ込《こ》められていても仕方《しかた》がないわ。怖《こわ》いけれど、このドラゴンがわたしたちの味方《みかた》だと信《しん》じて彫刻《ちょうこく》に触《さわ》ってみましょ」

ナンシーはそう言うと、大きく深呼吸《しんこきゅう》をし、意《い》を決《けっ》したように白い扉《とびら》に描《えが》かれたドラゴンの彫刻《ちょうこく》に触《ふ》れたのです。

すると、扉《とびら》の中から白い影《かげ》がシュンという音とともに飛《と》び出て、部屋《へや》の中央に落下《らっか》しました。ドラゴンの形をしたその影《かげ》は徐々《じょじょ》に平面から立体へと膨《ふく》らみ、大きさを増《ま》しながらついに本物のドラゴンの姿《すがた》になったのです。

姿《すがた》を現《あらわ》した巨大なホワイトドラゴンからあふれる気品《きひん》に圧倒《あっとう》されたぼくは、恐怖心《きょうふ》も忘《わす》れ、放心状態《ほうしんじょうたい》でその堂々《どうどう》とした姿《すがた》に釘《くぎ》づけになりました。そしてどういうわけか、ぼくはそのドラゴンに強烈《きょうれつ》な親近感《しんきんかん》を覚《おぼ》えたのです。

「私を呼《よ》び出したのはお前たちか？ ここは私の寝室《しんしつ》だ。不法侵入者《ふほうしんにゅうしゃ》は許《ゆる》さぬぞ」

ドラゴンがぼくたちをガラスのように澄《す》んだ目で凝視《ぎょうし》しました。

「ぼくたち、マジックパークの来園者で、森の散策道《さんさくどう》の端《はし》にある崖《がけ》を渡《わた》るために、大王タンポポの綿毛《わたげ》を摘《つ》みに行く途中《とちゅう》なんです。空洞樹《くうどうじゅ》の迷宮《めいきゅう》内で白いボタンを押《お》したらここにたどり着《つ》いたんです」

ぼくは正直にこれまでの状況《じょうきょう》をホワイトドラゴンに伝《つた》えました。

「私はお前たちに用などない。今すぐここから出ていくのだ」

「ルーク、ぼく、マーカの呪文《じゅもん》を唱《とな》えて、さっきのボタンの場所に戻《もど》ろうとしてみるよ。早くここから出よう」

ジェイクが歯をガチガチと震《ふる》わせながら、か細《ぼそ》い声を出しました。

「ルークだと。お前はひょっとしてルーク・ガーナーか」

ドラゴンが、かすかににやりとしました。

「なぜ、ぼくのことを知っているのですか？」

ぼくはすかさずたずねました。

「ふふ、そうか、まだ君は何も知らないんだな。いずれ私たちは必《かなら》ず再会する運命《うんめい》にある。私がなぜ君を知っているのか。それは君自身がこれからの冒険《ぼうけん》で発見《はっけん》するべきことだ。私の名前はユラナス。ルーク、君は近いうち、私の力を頼《たよ》りにもう一度ここを訪《おとず》れることになるであろう。そのとき、私が君たちの力になれるかどうかは、君が私の探《さが》し物を見つけられるかどうかにかかっている。わかったな」

「探《さが》し物って何ですか？」

ぼくはユラナスの水色に輝《かがや》く目を見つめました。

「私がここで眠《ねむ》っている間に、人間が私から奪《うば》った王冠《おうかん》だ」

「わかりました。ぼく、あなたのためにきっと王冠《おうかん》を探《さが》し出します。ジェイク、戻《もど》ろう」

ぼくは真剣《しんけん》な眼差《まなざ》しでジェイクを振《ふ》り返《かえ》りました。

「これを持って行くがよい。君たちがいずれ必要《ひつよう》になるものだ」

ユラナスはそう言うと、ぼくに木製《もくせい》の球状容器《きゅうじょうようき》を手渡《わた》しました。

「ガチャガチャのやつと同じだわ。ルーク、開けてみて」

ナンシーがうながしました。

ぼくが容器《ようき》を回転《かいてん》させると、中から出てきたのはなんと乳牛《にゅうぎゅう》のフィギュアだったのです。

「黒羊《ひつじ》と白ヤギの次は乳牛《にゅうぎゅう》か。ただのおもちゃにしか見えないのに、いずれ必要《ひつよう》になるってどういうことなんだろう？」

ディランがぼそっとつぶやきました。

ぼくは再《ふたた》びフィギュアをステラに預《あず》けると、ジェイクにうなずいて合図《あいず》しました。

「みんな、もっとぼくの近くに寄《よ》って」

全員が自分の近くに集《あつ》まったことを確認《かくにん》したジェイクは、目をつぶって集中《しゅうちゅう》し始めました。

「マーカ！」

目を突然《とつぜん》開いたジェイクが大声でそう唱《とな》えると、ぼくたちは瞬時《しゅんじ》に元の白いボタンが位置《いち》していた場所に戻《もど》ったのです。

改《あらた》めて地図を取り出し、それをしばらく凝視《ぎょうし》したぼくは、出口までの最短経路《さいたんけいろ》を目でたどると仲間《なかま》たちに大声で伝《つた》えました。

「さあ、先に進もう。もう寄《よ》り道はせずに、ここから出ることを優先《ゆうせん》するんだ」

ホワイトドラゴン、ユラナスとの出会いに宿命《しゅくめい》のようなものを感《かん》じたぼくは、彼のために必《かなら》ず盗《ぬす》まれた王冠《おうかん》を見つけようと心に誓《ちか》ったのです。

第7話　マンホールの下

空洞樹《くうどうじゅ》の迷宮《めいきゅう》の中を、最短経路《さいたんけいろ》を選《えら》んで進んだぼくたちは、特《とく》に何事もなく迷宮《めいきゅう》の後半部分にまで到達《とうたつ》しました。リンガの効果《こうか》が途中《とちゅう》で切れたため、ステラは２粒《つぶ》目の薬草錠剤《やくそうじょうざい》を服用《ふくよう》し、再度リンガを唱《とな》えました。

「それにしても、長い迷宮《めいきゅう》だね。まあ、徐々《じょじょ》に出口に近づいているみたいだけど」

ジェイクがぼくの地図を覗《のぞ》き込《こ》みました。

「地図によると、そろそろ垂直《すいちょく》に下降《かこう》する箇所《かしょ》に到達《とうたつ》するはずだよ。ちょっと緊張《きんちょう》するね」

ぼくは地図の該当箇所《がいとうかしょ》を指《ゆび》さしました。

「ねえ、あそこを見て。マンホールのふたがあるわ。あれが垂直《すいちょく》に下る箇所《かしょ》の入り口なのね。近道だけど、なんだか怖《こわ》いわ」

ナンシーが身震《みぶる》いしました。

しばらく進むと、ぼくたちはマンホールのある場所に到達《とうたつ》しました。マンホールのふたは銀色で、近づくとぼくたちの顔《かお》を鏡《かがみ》のように反射《はんしゃ》して映《うつ》し出しているのがわかりました。

「ルーク、ジェイク。持ち上げるのを手伝《てつだ》ってくれるかい」

ディランはマンホールを1人で持ち上げようとしましたが、びくともしなかったので、ぼくたちに支援《しえん》を求《もと》めました。ぼくたち3人が力を合わせてマンホールの取っ手を握《にぎ》り、思いきり上方に引っ張《ぱ》ると、銀のマンホールは宙《ちゅう》高く舞《ま》い上がり、金属《きんぞく》音を響《ひび》き渡《わた》らせながら後方の地面に落下《らっか》しました。

「ずっと下まではしごが続《つづ》いているみたいだ。ここを下《お》り切れば出口まであと少しだよ」

ぼくはそう言うと、先頭《せんとう》に立ってはしごを下《お》り始めました。

最後《さいご》にはしごを下ったステラの頭《あたま》がマンホールの穴《あな》の下に隠《かく》れた頃《ころ》、ぼくたちの頭上《ずじょう》でガチャンと大きな金属《きんぞく》音が鳴《な》り響《ひび》きました。ぼくたちが頭上《ずじょう》を振《ふ》り返《かえ》ると、なんとマンホールのふたが再《ふたた》び元の位置《いち》にはめられていたのです。

「ちょっと、どういうこと？　勝手にマンホールが動いたわ。まさか、わたしたち閉《と》じ込《こ》められたのかしら」

ステラが甲高《かんだか》い声を上げました。そして、戻《もど》るようにはしごを上《のぼ》り、ふたをぐいと上に押《お》したのです。

「ねえ、まったく動かないわよ。やっぱりわたしたち閉《と》じ込《こ》められたんだわ」

「後戻《もど》りはできないってことだね。とにかく下《お》りることに集中《しゅうちゅう》しよう」

ディランが落《お》ち着《つ》いた調子《ちょうし》で言いました。

その後、ぼくたちは延々《えんえん》と続《つづ》くはしごを、警戒心《けいかいしん》を最大限《さいだいげん》にして慎重《しんちょう》に下《お》り続《つづ》けました。そして、何事もなく無事《ぶじ》に下《お》り切ることに成功《せいこう》したのです。

地面に降《お》り立ったぼくたちの前方には、広々とした空間が広がっていました。ぼくが安堵《あんど》のため息《いき》をついて、仲間《なかま》たちを振《ふ》り返《かえ》ると、ナンシーが警戒心《けいかいしん》をあらわにして前方を指《ゆび》さしました。

「ねえ、あそこに何かいるわ。目が光ってるもの」

「じりじりと、こっち側に距離《きょり》を詰《つ》めているわ。ねえ、あれはヘビじゃないかしら」

ステラが、はしごのわきの壁《かべ》に背中《せなか》をつけました。ぼくたちの後方は壁《かべ》で、これ以上後ろに下がることはできなかったのです。

「なんて大きなヘビなんだろう。あんなのに飲み込《こ》まれたら大変《たいへん》なことになるよ」

ジェイクはぶるぶると震《ふる》えながらも、必死《ひっし》でこの難局《なんきょく》を乗《の》り切る方法を思案《しあん》しているように見えました。

緑と黄色のしまが複数《ふくすう》あるその大蛇《だいじゃ》は、舌《した》を出してシューシューと音を立てながらぼくたちに接近《せっきん》し始めました。直径《ちょっけい》1メートルほどはあると思われるその太い胴体《どうたい》を目の当たりにしたぼくは、恐怖《きょうふ》心が募《つの》り、心拍《しんぱく》数がどんどん高まっていくのを感《かん》じたのです。

大蛇《だいじゃ》は目を光らせながらシュルシュルと体を揺《ゆ》らし、ぼくたちとの距離《きょり》をどんどん詰《つ》め、誰《だれ》を最初《さいしょ》に攻撃《こうげき》すべきかを見定めているかのように見えました。そして、凍《こお》るような目つきでジェイクを見つめると、突然《とつぜん》、鋭《するど》い八重歯《やえば》のような牙《きば》をむきだしにして、頭《あたま》を後方にググっと下げると、勢《いきお》いよく顔《かお》を前方に突《つ》き出してきたのです。

そのとき、ステラが突然《とつぜん》3本の指《ゆび》を高々と振《ふ》り上げました。大蛇《だいじゃ》の牙《きば》はジェイクの首を完全《かんぜん》にとらえ、カシャンという音を立てながら勢《いきお》いよくかじりつきました。しかし、その牙《きば》はジェイクの首にかすり傷《きず》すら負わすことはできませんでした。そう、ぼくたちはステラの合図《あいず》がみんなで透明《とうめい》になる際の合図《あいず》であることをしっかりと覚《おぼ》えていたのです。

突然敵《とつぜんてき》の数が減少《げんしょう》したことに動揺《どうよう》した大蛇《だいじゃ》は、きょろきょろと辺りを見回しました。しかし、すぐに次の標的《ひょうてき》を決定すると、向《む》きを変《か》えて怒《いか》り狂《くる》ったように襲《おそ》いかかったのです。

「うわあ！」

ぼくたちの冒険《ぼうけん》を静《しず》かに撮影《さつえい》し続《つづ》けてきたＬＢＣのカメラマン、ダニエルが叫《さけ》び声を上げました。大蛇《だいじゃ》の牙《きば》は彼の左肩《かた》に深《ふか》く食い込《こ》み、大蛇《だいじゃ》はいつまでもその牙《きば》を抜《ぬ》こうとしませんでした。

やがてダニエルは力なく、片膝《かたひざ》をつくと、完全《かんぜん》に血の気を失《うしな》い、地面に倒《たお》れました。大蛇《だいじゃ》は満足《まんぞく》そうにその姿《すがた》を見つめると、今度は白ウサギのアニーのいる方に接近《せっきん》し始めました。

「アニー、逃《に》げて！」

透明《とうめい》だったステラが突然姿《とつぜんすがた》を現《あらわ》し、大声で叫《さけ》びました。

驚《おどろ》いたぼくが言葉を発《はっ》しかけたとき、ぼくはステラがキラキラと輝《かがや》きを発《はっ》しながら点滅《てんめつ》する、ピンクストーンを手に持っていることに気づいたのです。

「エリス、わたしたちを助《たす》けて！」

ステラはピンクストーンに向《む》かってあらん限《かぎ》りの声で叫《さけ》びました。

すると間もなく、迷宮《めいきゅう》の奥《おく》の方から翼《つばさ》がバサバサと羽《は》ばたく音が聞こえてきたのです。

「よかった、来てくれたのね」

ステラはそう言うと、その場にへなへなと座《すわ》り込《こ》んでしまいました。

大蛇《だいじゃ》はステラの発《はっ》した大声に気分を害《がい》したのか、標的《ひょうてき》をアニーからステラに変《か》え、勢《いきお》いよく襲《おそ》い掛《か》かりました。

「ステラ、もう一度透明《とうめい》になるんだ！」

危険《きけん》を察知《さっち》したぼくが叫《さけ》び声を上げたとき、高速で迫《せま》っていたピンクドラゴンのエリスが、大蛇《だいじゃ》の背後《はいご》に着地《ちゃくち》し、大きく口を開けるとその胴体《どうたい》に思いきりかみつきました。大蛇《だいじゃ》はギーッと奇声《きせい》を発《はっ》すると後ろを振《ふ》り向《む》き、エリスの足にかみつき返《かえ》そうとしました。しかし、大蛇《だいじゃ》の牙《きば》がエリスの足に到達《とうたつ》する前に、エリスは大蛇《だいじゃ》の胴体《どうたい》から顔《かお》を上げ、ピンク色のガスを吐《は》き出したのです。

それをまともにくらった大蛇《だいじゃ》はくらくらと首を左右に振《ふ》ると、そのまま気を失《うしな》い、崩《くず》れるように前方に倒《たお》れ込《こ》みました。

ピンクドラゴン、エリスの力を借《か》り、恐《おそ》ろしい大蛇《だいじゃ》を倒《たお》すのに成功《せいこう》したぼくたちは、エリスに感謝《かんしゃ》を示すとともに、土気色の表情で気を失《うしな》っているダニエルの前に集《あつ》まりました。

「ダニエル、完全《かんぜん》に気を失《うしな》ってる。桃色バチのはちみつキャンディーを口に押《お》し込《こ》めば治るかな？」

ぼくは不安《ふあん》が心に広がっていくのを感《かん》じました。

「顔《かお》と手の甲《こう》をよく見て。斑点《はんてん》のようなものがたくさんできているわ。きっと毒《どく》に冒されたのよ。桃色バチのキャンディーで毒《どく》消しまでできるのかはわからないわ」

ナンシーの言う通り、ダニエルのほおや手の甲《こう》には無数の大きなしみのようなものが現《あらわ》れていたのです。

そのとき、ぼくたちの様子を伺《うかが》っていたエリスが、穏《おだ》やかな声でぼくたちに話しかけました。

「わたしを呼《よ》んでくれてありがとう、ステラ。この迷宮《めいきゅう》を抜《ぬ》けたところにある谷底《たにぞこ》に、わたしのおうちがあるの。だから、すぐここまで来ることができたわ。この斑点《はんてん》だけど、『洞窟《どうくつ》ヘビ』にかまれると現《あらわ》れる毒《どく》の症状《しょうじょう》だわ。１時間以内に解毒《げどく》しないと命が危険《きけん》よ。わたしが治してあげる」

エリスはそう言うと、口を大きく開き、ローズマリーのような良い香《かお》りのする淡《あわ》いピンク色のガスを放出《ほうしゅつ》しました。すると、驚《おどろ》くべきことに、ダニエルの皮膚《ひふ》から斑点《はんてん》が消え、血色の良い健康《けんこう》的な肌《はだ》に戻《もど》ったのです。

「あなたたちもだいぶ疲《つか》れているようね。ついでに治してあげるわ」

エリスはぼくたちに指示《しじ》して一列《れつ》に立たせると、今度は翼《つばさ》を大きく羽《は》ばたかせました。その風を受《う》けたぼくは、自分の体力がみるみる回復《かいふく》していくのを感《かん》じ、全身から力がみなぎるのがわかりました。

「どう、気分がいいでしょ。わたしの翼《つばさ》には特殊《とくしゅ》な力があって、その風を受《う》けるとただ疲労《ひろう》が回復《かいふく》するだけでなく、全体的な運動神経《うんどうしんけい》や精神力《せいしん》も向上《こうじょう》するの。大サービスなんだから、感謝《かんしゃ》しなさいね」

すっかりと体力と精神力《せいしん》を回復《かいふく》したぼくたちは、改《あらた》めてエリスに感謝《かんしゃ》の気持ちを伝《つた》えました。するとエリスはまつげの長い目をつぶり、ウィンクすると、そのまま翼《つばさ》を広げて飛《と》び立ち、あっという間にその場から姿《すがた》を消してしまったのです。

ぼくが目の前に倒《たお》れている洞窟《どうくつ》ヘビに目線を移《うつ》すと、ヘビの胴体《どうたい》の辺りに、空洞樹《くうどうじゅ》のカプセルが落《お》ちているのに気づきました。

「また、動物のフィギュアかな。回収《かいしゅう》してみよう」

ぼくはカプセルを拾《ひろ》い上げると、急《いそ》いでそのふたを開けました。するとその中には、こげ茶色の馬《うま》のフィギュアが入っていたのです。

「これで4個目だね。あと何個、こういうのがあるんだろう」

ジェイクが本物そっくりの馬《うま》のフィギュアを、しばらくじっと見つめました。

ぼくは、ステラにフィギュアを預《あず》けると、地図を確認《かくにん》し、進路を見据《す》えました。

「みんな、出口はもうすぐそこだ。あと少し、頑張《がんば》ろう！」

迷宮《めいきゅう》の出口が近いことを知り、士気《しき》が高まったぼくたちは、出口に向《む》けて残《のこ》された距離《きょり》を一歩一歩着実《ちゃくじつ》に進み続《つづ》けました。ぼくたちが大蛇《だいじゃ》のいた地点から５００メートルほどの距離《きょり》を移動《いどう》したとき、突然《とつぜん》白ウサギのアニーが嬉《うれ》しそうに前に駆《か》け出しました。

「出口が見えるわ。急《いそ》ぎましょ」

アニーにつられたぼくたちは、歩く速度《そくど》を上げながら、出口の外に広がる光景《こうけい》を思い描《えが》き、期待《きたい》に胸《むね》をはせたのです。

第8話　豊穣《ほうじょう》の大地

苦難《くなん》の末に、ようやく空洞樹《くうどうじゅ》の迷宮《めいきゅう》の出口まで到達《とうたつ》したぼくたちは、目の前に広がる風景《ふうけい》の美しさに圧巻《あっかん》されました。谷底《たにぞこ》の中央部分には川のようにまっすぐに伸《の》びるピンクストーンの鉱床《こうしょう》が広がり、ところどころに地下へと続《つづ》く洞穴《ほらあな》が見られたのです。

「この谷《たに》は『竜《りゅう》の谷《たに》』と呼《よ》ばれているのよ。きっとこの場所にピンクドラゴンが住んでいるからね」

白ウサギのアニーが、鉱床付近《こうしょうふきん》にある複数《ふくすう》の洞窟《どうくつ》の方を向《む》きながらぼくたちに説明《せつめい》しました。

「それにしても恐《おそ》ろしい迷宮《めいきゅう》だったね。最短経路《さいたんけいろ》をたどったのに何度も危険《きけん》な目に遭《あ》うだなんて」

ジェイクが思い出したかのように身震《みぶる》いしました。

「さて、大王タンポポはどこかしら……あっ、あそこにピンク色のタンポポが咲《さ》いているわ。なんて大きな花びらなの。近くまで行ってみましょ」

ナンシーが指《ゆび》さした草地《くさち》の部分には、ふわふわとしたとても大きなピンク色のタンポポと綿毛《わたげ》が無数に生えているのがぼくにもわかりました。早足で移動《いどう》したぼくたちは、すぐに草地《くさち》にたどり着《つ》き、ダイオウタンポポを間近で観察《かんさつ》したのです。

「ねえ、この茎触《くきさわ》ってみな。まるで木のように固《かた》いよ。しかも頑丈過《がんじょうす》ぎて引き抜《ぬ》くこともできないんだ」

ディランがダイオウタンポポの綿毛《わたげ》の茎《くき》を右手でパシンとたたきました。

「みんなで力を合わせて引き抜《ぬ》いてみようよ」

ぼくはディラン、ジェイク、そしてダニエルに首を縦《たて》に振《ふ》って合図《あいず》をすると、4人で力を合わせて綿毛《わたげ》の茎《くき》の部分を思いきり引っ張《ぱ》り上げました。しかし、その根《ね》はあまりにも頑丈《がんじょう》で、びくともしなかったのです。

「困《こま》ったなあ。どうしよう」

ジェイクが綿毛《わたげ》の茎《くき》に体をもたせかけました。すると、草地《くさち》にかがみこんでいたステラが茎《くき》の下の方を指《ゆび》さして言ったのです。

「ねえ、茎《くき》の下の方に、赤い線みたいなのが入っているわ。ほら」

確《たし》かによくよく観察《かんさつ》してみると、茎《くき》には地面から数センチほどの辺りに赤い線がまるでトカゲのしっぽの切れ目のように入っているのがわかりました。

「この部分の強度が弱いわけでもなさそうだよ。そうだ、この部分をノコギリで切断《せつだん》してみよう」

マジックパークに、布、懐中電灯《かいちゅうでんとう》、そしてノコギリを持参していたディランがリュックサックの中からノコギリを取り出し、ギイギイと音を立てながら綿毛《わたげ》の茎《くき》を赤い線に沿《そ》って切り始めました。すると、意外《いがい》にもあっさりと茎《くき》は短時間の作業《さぎょう》で完全《かんぜん》に切断《せつだん》されたのです。

「想像《そうぞう》していたよりもだいぶ軽《かる》いよ、これ。しかも息《いき》を思いきり吹《ふ》きつけても綿毛《わたげ》が外れないんだ」

ディランはふーっと息《いき》を吹《ふ》きつけて、綿毛《わたげ》の丈夫《じょうぶ》さをぼくたちにアピールしました。

「その調子《ちょうし》で全員分の綿毛《わたげ》を確保《かくほ》しちゃって」

ナンシーの言葉を受《う》け、ぼくたちは次々に大王タンポポの綿毛《わたげ》を赤い線に沿《そ》って切断《せつだん》し、あっという間に全員分をそろえることができました。

「崖下《がけ》にもエレベーターみたいなボタンがあるのかもしれないわ。両側の壁《かべ》を確認《かくにん》してみましょ」

ぼくたちが、崖《がけ》の両壁《かべ》を綿密《めんみつ》に調査《ちょうさ》すると、ステラの予想通り、どちらの側の絶壁《ぜっぺき》にも上向《うわむ》きのボタンがついているのを発見《はっけん》しました。

それぞれが大王タンポポの綿毛《わたげ》を手に持ったことを確認《かくにん》したぼくは、木橋《きばし》を渡《わた》った側の絶壁《ぜっぺき》に付着《ふちゃく》していたボタンをグイッと押《お》しました。すると不思議《ふしぎ》なことに、ぼくたちの体はふわふわと空中に浮《う》かび始めたのです。

「まあ、ロマンチックだわ。綿毛《わたげ》に乗《の》って空を漂《ただよ》うだなんて、おとぎ話の世界みたい」

ナンシーが目を輝《かがや》かせながら、幸《しあわ》せで一杯《いっぱい》の笑顔《えがお》を浮《う》かべました。

大王タンポポの綿毛《わたげ》はゆらりゆらりと揺《ゆ》れながら、ゆっくりとぼくたちを上方に運《はこ》んでいきました。下を眺《なが》めると少し怖《こわ》かったけれど、ぼくは綿毛《わたげ》の茎《くき》をつかむ仲間《なかま》たちをほほえましく眺《なが》め、そして周囲《しゅうい》の情景《じょうけい》にも感動《かんどう》し、ゴールドフィンチ島の自然《しぜん》の醍醐味《だいごみ》を堪能《たんのう》したのです。

そしてしばらくすると、ぼくたちの頭上《ずじょう》にぼろ木橋《きばし》が見えてきました。

「あと少しで到着《とうちゃく》よ」

ステラが真上を見上げました。

その後間もなく、ぼくたちは無事《ぶじ》に崖《がけ》の反対側の穀倉地帯《こくそうちたい》、『豊穣《ほうじょう》の大地』に降《お》り立ったのです。

ついに豊穣《ほうじょう》の大地に足を踏《ふ》み入れたぼくたちは、ミラたちとの約束《やくそく》通り、マーカの魔法《まほう》を用いていったん『どんぐり喫茶《きっさ》』に戻《もど》ることにしました。ジェイクがマーカを唱《とな》えると、ぼくたちは瞬時《しゅんじ》に空洞樹《くうどうじゅ》の幹《みき》の内部にある喫茶《きっさ》店に移動《いどう》したのです。

迷宮《めいきゅう》内での大冒険《ぼうけん》をミラやＬＢＣのナタリー、ジェフリーに伝《つた》えたぼくたちは、さっそく豊穣《ほうじょう》の大地に戻《もど》り、集《つど》いの牧場《まきば》を目指《めざ》すことにしました。

「あなたたちの様子はしっかり視聴者《しちょうしゃ》に向《む》けて実況中継《じっきょうちゅうけい》しておいたわ。ダニエル、命がけの撮影《さつえい》大変《たいへん》だったわね」

ナタリーがＬＢＣカメラマンのダニエルに謝意《しゃい》を伝《つた》えました。

「ピンクドラゴンのエリスがいなかったら私はもうだめだったと思う。幸運《こううん》に恵《めぐ》まれてよかったよ」

ダニエルが両肩《かた》を少しだけ浮《う》かせました。

「わたしもあなたたちについて行っていい？集《つど》いの牧場《まきば》をこの目で見てみたいの」

アニーが好奇心《こうきしん》に満《み》ちた目で、ぼくに視線《しせん》を向《む》けました。

「もちろんだよ。アニーは豊穣《ほうじょう》の大地に行ったことがあるんだよね。ぜひ、君にぼくたちを案内《あんない》してもらいたいんだ」

ぼくはアニーの申《もう》し出が、とてもありがたく心強いことだと感《かん》じました。

「じゃあみんな、ぼくの周りに集合《しゅうごう》して。準備《じゅんび》はいいかい？マーカ！」

ジェイクが大きな叫《さけ》び声を上げると、次の瞬間《しゅんかん》ぼくたちは崖《がけ》の付近《ふきん》、つまり豊穣《ほうじょう》の大地の端《はし》に立っていたのです。

豊穣《ほうじょう》の大地には、水田や麦、とうもろこし畑が延々《えんえん》と広がり、そのさらに向《む》こう側には野菜畑、果樹園《かじゅえん》なども点在しているようでした。ぼくたちは集《つど》いの牧場《まきば》に向《む》け、農道《のうどう》をひたすら歩き、遠方のマグネティカ山を目指《めざ》したのです。

「あそこに、納屋《なや》と木造《もくぞう》のお屋敷《やしき》が見えるでしょ。あそこがわたしにいつも親切《しんせつ》にしてくれるムーアさんていう農夫《のうふ》のおじいさんが住んでいるのよ。ちょっと寄《よ》ってみない？集《つど》いの牧場《まきば》について詳《くわ》しく教えてくれるかもしれないわ」

アニーが麦畑の脇《わき》にある屋敷《やしき》に視線《しせん》を向《む》けました。

「ムーアさんてどこかで聞いたことがある名前だね。気のせいかな」

ジェイクがボソッと言いました。

「集《つど》いの牧場《まきば》に関する情報《じょうほう》を集《あつ》めるのはいい考《かんが》えね。ぜひ立ち寄《よ》ってみましょ」

ナンシーがいち早く賛成《さんせい》しました。

こうしてぼくたちは、集《つど》いの牧場《まきば》の正確《せいかく》な位置《いち》を知るために、アニーの知り合いの農夫《のうふ》の屋敷《やしき》に立ち寄《よ》ることに決めたのです。

背丈《せたけ》の高い麦に囲《かこ》まれたぼくたちは、見通しの悪《わる》い農道《のうどう》を、隙間《すきま》からわずかに顔《かお》を見せる屋敷《やしき》を目指《めざ》して歩き続《つづ》けました。周囲《しゅうい》の麦は豊《ゆた》かに実り、あとは収穫《しゅうかく》を待《ま》つばかりだったのです。穏《おだ》やかな香《かお》りを放《はな》つ麦のにおいを楽《たの》しみながら、サクサクと音を立てて前進し続《つづ》けたぼくたちは、やがて畑を抜《ぬ》け、ムーアさんの屋敷《やしき》の敷地《しきち》内に到達《とうたつ》しました。

「あれがムーアさんよ。庭《にわ》で草木《くさき》に水をやってるのが見えるでしょ？」

アニーの言う通り、屋敷《やしき》の前の庭《にわ》では、麦わら帽子《ぼうし》をかぶったおじいさんが家庭菜園《かていさいえん》の草木《くさき》に水をやっているところでした。ぼくたちの姿《すがた》に気づいたムーアさんは、わずかに警戒《けいかい》した表情でぼくたちを見つめましたが、そばにアニーがいるのを確認《かくにん》すると、穏《おだ》やかににっこりとほほ笑《え》んだのです。

「こんにちは、ムーアさん。ぼくたちアニーの友だちなんです。ここにいるステラはリンガが使えるので、ぼくたちはアニーと会話ができるんです。先ほどアニーからムーアさんのことをうかがい、ここに立ち寄《よ》ることにしました。ぼくたち、どうしても集《つど》いの牧場《まきば》に行かなければならないんです」

ぼくの口から出た『集《つど》いの牧場《まきば》』という言葉を耳にしたとき、ムーアさんの表情が少し曇《くも》ったのをぼくは見逃《みのが》しませんでした。

「集《つど》いの牧場《まきば》だって?それは、マグネティカ山の山頂《さんちょう》にある牧場《まきば》のことだ。行かねばならぬと言っても、そいつは不可能《ふかのう》じゃ」

ムーアさんが困惑《こんわく》した表情で腕組《うでぐ》みをしました。

「まあ、こんなところで立ち話もなんだから、屋敷《やしき》におあがんなさい。そこで、じっくりと話をしようじゃないか」

不可能《ふかのう》という言葉がとても気がかりで、ぼくは不安《ふあん》に駆《か》られましたが、仲間《なかま》たちと顔《かお》を見合わせると、ムーアさんの申《もう》し出を受《う》け、いったん屋敷《やしき》に上がらせてもらうことにしたのです。

第9話　マグネティカ山の謎

ムーアさんの申《もう》し出を受《う》け、屋敷《やしき》の中に入ったぼくたちは、そのまま客間に案内《あんない》されました。広々とした部屋《へや》の中は、ぼくにはあまりなじみのないイグサと呼《よ》ばれる植物で作られた畳《たたみ》が敷《し》き詰《つ》められていて、とても良い香《かお》りがしました。中央に置《お》かれた座卓《ざたく》の周りに腰《こし》を下ろしたぼくたちは、ムーアさんの奥様《おくさま》が出してくれたお茶、ウーパと、農場《のうじょう》で収穫《しゅうかく》したキャッサバというイモから作ったおそばで、もてなされたのです。

「さあさ、みなさま召《め》し上がってくださいな。お茶もおそばも、うちの農場《のうじょう》で取れたものを使用しているんですよ。サミュエル、あんたの分も用意《ようい》してあるからね」

「助《たす》かるよ、エミリア。ちょうど小腹《こばら》がすいた頃《ころ》だったんだ」

「アニー、あんたには獲《と》れたてのニンジンを用意《ようい》したからね」

新鮮《しんせん》なニンジンを山盛《も》りにしたお皿を見たアニーは、エミリアさんに嬉《うれ》しそうにウィンクしました。

ムーアさん夫婦の下の名前はそれぞれ、サミュエル、エミリアで、ゴールドフィンチ島には10年ほど前に越《こ》してきたとのことでした。

「わしらは元々、空の世界にある、クローバーアイランドという島で農場《のうじょう》を営んでおったんじゃ。じゃが、娘のバレンティーナが農場《のうじょう》を引き継《つ》いだときに、思いきってゴールドフィンチ島に引っ越《こ》そうという話になったんじゃ。なにせ、クローバーアイランドではクローバーの品種《ひんしゅ》しか育たんのじゃからな。上の世界で色々な農産物《のうさんぶつ》の生産《せいさん》をするのがわしらの夢だったんじゃ」

「やっぱりだ！ぼく、ムーアという名字をどこかで聞いたことがあると思ったんだよね。サミュエルさんは『花の女王』、バレンティーナ・ムーアの父親《ちちおや》だったんですね」

ジェイクは興奮《こうふん》した様子で、目を大きく見開きました。

「ひょっとして、君たちバレンティーナを知っているのかい？なんてことじゃ」

驚《おどろ》いたサミュエルさんに、ぼくたちは空の滝《たき》から至福《しふく》のブランコでクローバーアイランドに立ち寄《よ》り、コルトンさんと共《とも》に年次品評会《ひんぴょうかい》にブリリアント・クローバーを出品したいきさつを説明《せつめい》しました。

「なるほど、君たちがうわさのマジックパーク最初《さいしょ》のお客様だったわけか。集《つど》いの牧場《まきば》に次の遊《あそ》び場《ば》があるということなんじゃな」

サミュエルさんが納得《なっとく》した様子で、何度もうなずきました。

「先ほど、集《つど》いの牧場《まきば》に行くのは不可能《ふかのう》だとおっしゃってましたけど、いったいどういうわけなんですか？」

ナンシーが怪訝《けげん》な表情でたずねました。

「集《つど》いの牧場《まきば》はマグネティカ山の頂上《ちょうじょう》にあると言われておるんじゃ。ただしそれはあくまでも伝説《でんせつ》上の話で、おそらく、それを実際《じっさい》に見た者はおらんのじゃよ。」

「それってつまり、集《つど》いの牧場《まきば》は実在《じつざい》しないということですか？」

ディランが言葉に力を込《こ》めました。

「いや、実在《じつざい》するのかもしれんが、マグネティカ山の頂上《ちょうじょう》に達するのが不可能《ふかのう》なんじゃ。山まで行けばわかることなんじゃが、マグネティカ山は非常に不思議《ふしぎ》な山で、山の上部と底部《ていぶ》が磁力《じりょく》によって引き離《はな》されておるんじゃ。つまり、上部が空に浮《う》かんでいるため、底部《ていぶ》のてっぺんまで到達《とうたつ》すると、そこから上部に行く手段《しゅだん》がないということじゃ」

サミュエルさんの説明《せつめい》にぼくは思わずぎょっとしました。なぜなら、磁力《じりょく》で上下が切り離《はな》された山が存在《そんざい》するなんて、一度も聞いたことがなかったからです。

「大王タンポポの綿毛《わたげ》を使って、上昇《しょう》することはできないのかしら？」

ステラがサミュエルさんの反応《はんのう》をうかがいました。

「大王タンポポの綿毛《わたげ》は、ピンクストーンの鉱床《こうしょう》が発《はっ》するエネルギー波《は》にのみ反応《はんのう》するんじゃ。だから、それを用いてマグネティカ山の上部に行くことはできないんじゃよ」

「ということは、山の上部に行く手段《しゅだん》は存在《そんざい》しないということなんですね」

ぼくはがっくりと肩《かた》を落《お》としました。

「ねえ、サミュエル、私この間、パーカーさんがマグネティカ山の頂上《ちょうじょう》に行く方法を発見《はっけん》したって自慢《じまん》しているのを聞いたわよ。彼に聞いてみる価値《かち》はあるんじゃないかね？」

そばで話を聞いていたエミリアさんが、思い出したかのように手のひらをこぶしでポンとたたきました。

「あの金持ちのコレクターじいさんがかい？信《しん》じられんが、ダメもとで話を聞くのも悪くはないかもしれんな」

「ぼくたちどうしても集《つど》いの牧場《まきば》に行きたいんです。可能性《かのうせい》が低かったとしても、あきらめるわけにはいきません。ぜひ、パーカーさんという方からお話を聞いてみたいです。どうかその方をぼくたちに紹介していただけませんか？」

ぼくは頭《あたま》を下げてサミュエルさんにお願《ねが》いしました。

「いいじゃろう。じゃが、まず食事を済《す》ませてしまおう」

話に夢中になり、食事のことをすっかり忘《わす》れていたぼくたちは、その後手打《てう》ちのおそばとウーパ茶を美味《おい》しくいただきました。おそばのもちもちとした触感《しょっかん》は、空腹《くうふく》だったぼくの心を幸《しあわ》せで一杯《いっぱい》の気分にさせてくれたのです。

ムーアさん夫婦の屋敷《やしき》で食事を済《す》ませたぼくたちは、さっそくパーカーさんに会いに出かけることにしました。サミュエルさんによると、パーカーさんはゴールドフィンチ島最大《さいだい》の果樹園《かじゅえん》の経営者で、お金持ちがゆえに、世界中の珍《めずら》しいものを集《あつ》めるのが趣味《しゅみ》とのことでした。

パーカーさんの敷地《しきち》内に入ったぼくたちは、そこで様々な果物《くだもの》が栽培《さいばい》されているのを目の当たりにしました。リンゴやミカン、ブドウなどの果物以外《くだものいがい》にも、ぼくが今までに見たこともないような果物《くだもの》もたくさん栽培《さいばい》されていたのです。

「パーカーさんや、サミュエルじゃ。ちょっと出て来てくれんかね」

サミュエルさんが玄関《げんかん》の戸をノックしながら大きな声でそう言うと、玄関《げんかん》の扉《とびら》がガチャッと音を立てて開きました。中から出てきたのは、ベレー帽《ぼう》をかぶり、葉巻《はまき》をくわえたおしゃれなおじいさんだったのです。

「やあ、サミュエル。こんなに大勢《おおぜい》の人を引き連《つ》れて、いったい何の用だね」

「エミリアから聞いたのだが、お前さん、集《つど》いの牧場《まきば》への行き方を発見《はっけん》したそうじゃな。それは本当なのかい？」

サミュエルさんがパーカーさんをじっと見つめてたずねました。

「ああ、本当だとも。先日、わしにお宝《たから》を売りに来た商人が教えてくれたんだ。まあ立ち話もなんだから、中に入ったらどうだね」

パーカーさんはそう言うと、ぼくたちを屋敷《やしき》の中の自室に案内《あんない》してくれました。

「これがわしの自慢《じまん》のコレクションだ。貴重《きちょう》なものばかりだから壊《こわ》さないでくれよ」

20畳《じょう》くらいはあるかと思われる広い部屋《へや》の中に、いくつも並《なら》べられた高級《こうきゅう》ソファーに腰《こし》かけるようにとうながされたぼくたちは、美術品や骨《こっ》とう品などのコレクションの見事さに思わず目が釘《くぎ》づけになりました。

「わしが何十年もかけて集《あつ》めたコレクションはどうだね。見事なものばかりじゃろう」

パーカーさんは自慢《じまん》げに、にやっと笑いました。

そのとき、ぼくはその収集物《しゅうしゅう》の中のある物を見て、肝《きも》が抜《ぬ》けるほど驚《おどろ》いたのです。

「パーカーさん、そ、それは……」

ぼくが指《ゆび》さしたものを見たパーカーさんは、嬉《うれ》しそうな表情で答《こた》えました。

「坊《ぼう》や、これに注目《ちゅうもく》するとは、なかなか目が利《き》くようだな。これは伝説《でんせつ》のホワイトドラゴンの王冠《おうかん》だ。実は、先月ある行商人から購入《こうにゅう》したばかりの新しいコレクションなのだよ。恐《おそ》ろしく値段《ねだん》が張《は》ったけど、この美しさに負けて、ついつい無理して購入《こうにゅう》してしまったのさ」

それを聞いた瞬間《しゅんかん》、ぼくは仲間《なかま》たちと顔《かお》を見合わせました。

「パーカーさん、それわたしたちにゆずっていただけませんか。わたしたち、ホワイトドラゴンに会って、その王冠《おうかん》を探《さが》し出して彼の元に戻《もど》すと約束《やくそく》したんです。図々《ずうずう》しいかもしれませんが、ホワイトドラゴンのユラナスも、すごく困《こま》った様子だったんです」

ナンシーが必死《ひっし》でパーカーさんにお願《ねが》いしました。

「ホワイトドラゴンに会っただって？それは本当かね。うーん、すごく高い代物だから返《かえ》すのは惜《お》しいが、そうだな、わしの願《ねが》いを2つかなえてくれたら、王冠《おうかん》をお前たちに譲《ゆず》ってあげても良いぞ」

「願《ねが》いって何ですか？」

ディランが興味津々《きょうみしんしん》な表情でたずねました。

「その前に、いったん話を集《つど》いの牧場《まきば》への行き方に戻《もど》そう。お前さんたちも知っていると思うが、集《つど》いの牧場《まきば》はマグネティカ山の山頂《さんちょう》にあると言われているが、山が相反《そうはん》する強力な磁力《じりょく》で真っ二つにちぎれてしまい、今では上部へ行くことは不可能《ふかのう》だと言われているんだ。ただし、先日わしを訪《おとず》れた商人によると、『しゃぼんトカゲ』の力を借《か》りれば、山の上部に移動《いどう》できるということだ。そんなトカゲ、実在《じつざい》するのかわからんが、コレクターのわしとしては、どうしてもそのトカゲを手に入れて、飼《か》ってみたいんだ。というわけで、1つ目の条件《じょうけん》はしゃぼんトカゲを捕《つか》まえてわしの元に持って来ることだ」

「それなら、わたしたちにとっても都合の良い条件《じょうけん》だわ。集《つど》いの牧場《まきば》に行くためには、どうせわたしたちも、そのしゃぼんトカゲを捕《つか》まえる必要《ひつよう》があるんですもの」

ステラが目をキラキラと輝《かがや》かせました。

「もう1つの条件《じょうけん》は何ですか？」

ジェイクがたずねました。

「わしをホワイトドラゴンに会わせてほしい。王冠《おうかん》を戴《いただ》いたホワイトドラゴンとわしのツーショットを写真《しゃしん》に収《おさ》められれば、わしにとって最高《さいこう》のコレクションになる。この2つの条件《じょうけん》をお前さんたちが聞き入れてくれるのならば、王冠《おうかん》を君たちに譲《ゆず》ってあげようじゃないか」

パーカーさんがぼくたちの表情を交互《こうご》に眺《なが》めました。

「2つ目の条件《じょうけん》は何とかなるかもね。ユラナスは写真《しゃしん》を撮《と》るのを嫌《いや》がるかもしれないけど、王冠《おうかん》が戻《もど》るなら我慢《がまん》してくれるだろうしね。問題は1つ目の条件《じょうけん》だ。しゃぼんトカゲなんて聞いたこともないけど、いったいどうやって探せばいいんだろう」

　ぼくは腕組《うでぐ》みをすると、目をつぶってじっくりと考《かんが》えました。すると、突然頭《とつぜんあたま》に名案《めいあん》が思い浮《う》かび、その瞬間《しゅんかん》ぱっと目を開けると、仲間《なかま》たちに親指《おやゆび》を立て、穏《おだ》やかにほほ笑《え》んだのです。

第10話　しゃぼんトカゲ

　何の手がかりもないまま、実在《じつざい》するか不明の『しゃぼんトカゲ』をどうやって捕獲《ほかく》するかを必死《ひっし》に考《かんが》えたぼくは、とっさに名案《めいあん》を思いつき、早くそれを仲間《なかま》たちと共有《きょうゆう》したいと思いました。

「ルーク、ひょっとして何かいい考《かんが》えを思いついたの？　随分余裕《ずいぶんよゆう》そうな笑顔《えがお》だね」

　ジェイクが期待《きたい》を込《こ》めた眼差《まなざ》しをぼくに向《む》けました。

「うまくいくかどうかわからないけど、しゃぼんトカゲの探《さが》し方の筋道《すじみち》を立てたんだ。いいかい、まず外に出て普通《ふつう》のトカゲを見つけるんだ。きっとここら辺にはうようよいるだろうから、すぐに見つかると思うんだ。そしたら、ステラがリンガを使ってそのトカゲから情報《じょうほう》を聞き出すんだ。同じトカゲ類ならきっと有益《ゆうえき》な情報《じょうほう》を与えてくれるだろうからね」

　ぼくが独自《どくじ》の作戦《さくせん》を提案《ていあん》すると、ステラが目を輝《かがや》かせて反応《はんのう》しました。

「ルーク、さすがだわ。普通《ふつう》のトカゲに目をつけるなんて、なかなか考《かんが》えつかないもの。これならうまくいくかもしれないわね」

「よし、作戦《さくせん》も決まったし、さっそく行動に移《うつ》そう！　パーカーさん、しゃぼんトカゲを捕《つか》まえたらまたここに戻《もど》って来ます」

　ディランはそう言うと、さっとソファーから立ち上がりました。

　屋敷《やしき》の外に出たぼくたちは、改《あらた》めてパーカーさんとムーアさん夫婦にお礼を言うと、さっそく草《くさ》むらでトカゲ探《さが》しを始めました。すると、探《さが》し始めてから5分も経《た》たないうちに、ディランが小さな茶色いトカゲを捕獲《ほかく》しました。２度目に唱《とな》えたリンガの効果《こうか》はすでに失効《しっこう》していて、さらに失効《しっこう》後1時間が経《た》っていなかったため、ぼくはステラに最後《さいご》の薬草錠剤《やくそうじょうざい》を服用《ふくよう》するようにすすめたのですが、ステラは錠剤《じょうざい》を飲まなくても魔法《まほう》が使える気がすると主張《しゅちょう》したのです。

「ピンクドラゴンのエリスが翼《つばさ》を羽《は》ばたかせてわたしたちの体力を回復《かいふく》してくれたとき、わたしたちの全体的な運動神経《うんどうしんけい》と精神《せいしん》力も高めてくれたって言ってたでしょ。薬草錠剤《やくそうじょうざい》を飲まなくてももう1回くらいならリンガを使える気がするの」

　ステラはそう言うと目をつぶり、精神《せいしん》を集中《しゅうちゅう》し始めました。そして、大声で叫《さけ》んだのです。

「リンガ！」

「アニー、わたしの言葉がわかる？」

　ステラが白ウサギのアニーにたずねました。

「ええ、わかるわ。どうやらうまくいったようね」

　アニーが歯を見せてにっこりとしました。

すると、ディランが親指《おやゆび》と人差《ひとさ》し指《ゆび》でつかんでいた小さなトカゲが、不機嫌《ふきげん》そうに言ったのです。

「ちょっと、君、痛《いた》いんだけど。いい加減《かげん》に離《はな》してくれないかな」

「ご、ごめん。君に危害《きがい》を加《くわ》えるつもりはなかったんだ。ぼくたち、どうしても君にたずねたいことがあるんだ。下におろすから、逃《に》げずに話を聞いてくれないかな」

ディランは慌《あわ》ててトカゲを草《くさ》むらにそっと下ろすと、その場にしゃがみこみました。

「ふう、助《たす》かった。人間は暴力《ぼうりょく》的だから、捕《つか》まったら最後《さいご》だってぼくの両親《りょうしん》がいつも言ってるんだ。君たちが悪《わる》いやつらじゃなくて本当によかったよ」

トカゲはため息《いき》をつくと、しゃがみこんだぼくたちの顔《かお》を見上げました。

「で、質問《しつもん》て何だい？ぼくに答《こた》えられる内容ならいいんだけど」

「協力《きょうりょく》してくれて、本当にありがとう。実はわたしたち、しゃぼんトカゲを探《さが》しているの。マグネティカ山の頂上《ちょうじょう》にある集《つど》いの牧場《まきば》に行くには、しゃぼんトカゲの協力《きょうりょく》がないとダメみたいだから。あなた、しゃぼんトカゲがどこに住んでいるか知ってる？」

ナンシーが優《やさ》しい口調《くちょう》でたずねると、小さなトカゲは驚《おどろ》いたように口を大きく開きました。

「まさか、しゃぼんトカゲの存在《そんざい》を知っている人間がいるだなんて驚《おどろ》いた。彼らは絶対《ぜったい》に人間に見つからないように徹底《てってい》して生活しているんだ」

「ということは、君はしゃぼんトカゲを知っているってことだね。ねえ、お願《ねが》いだからしゃぼんトカゲに会わせてもらえないかな」

ぼくは小さなトカゲに頭《あたま》を下げて頼《たの》みました。

「そいつはちょっと無理だね。そんなことしたら、ぼくがしゃぼんトカゲたちに一生恨《うら》まれるもの」

小さなトカゲはそう言うと、カサカサと音を立てながら草《くさ》むらの中に入り込《こ》み、どこかへ行ってしまったのです。

「うまくいかなかったね、ルーク。また別《べつ》のトカゲを捕《つか》まえて頼《たの》むしかないかな」

ジェイクが悔《くや》しそうな表情を浮《う》かべました。

すると、草《くさ》むらの中に消えたはずの小さなトカゲが、再《ふたた》びカサカサと音を立ててぼくたちの前に姿《すがた》を現《あらわ》したのです。

「今、ルークって言ってたよね。まさか君はルーク・ガーナーなのかい？」

トカゲはぼくの顔《かお》を凝視《ぎょうし》すると、いつまでも目を離《はな》そうとしませんでした。

「ぼくはすっかりこの島で有名になったみたいだね。そう、ぼくの名前はルーク・ガーナー。ぼくたちはマジックパーク初の来園者なんだ」

「それをもっと早く言ってくれたらよかったのに。しゃぼんトカゲは大の人間嫌《ぎら》いで有名なんだけれども、てんとう虫たちがゴールドフィンチ島の動物や虫たちに広めた君たちの活躍《かつやく》話を聞いたとき、ルークにならあっても構《かま》わないって言ってたんだ」

「それは本当かい？　すごく名誉《めいよ》だよ。君、ぼくたちをしゃぼんトカゲのいる所まで案内《あんない》してくれないかな？」

ぼくはさらに深《ふか》く頭《あたま》を下げてお願《ねが》いしました。

「いいとも。だけど、しゃぼんトカゲの生息地《せいそくち》を、絶対《ぜったい》に君たち以外《いがい》の人間に漏《も》らさないって約束《やくそく》できるかい？」

「もちろんさ」

ぼくが仲間《なかま》たちを振《ふ》り返《かえ》ると、彼らは力強くうなずいて、約束《やくそく》の意志《いし》を表明しました。

「じゃあ、ぼくについてきな」

小さな茶色いトカゲはそう言うと、意《い》を決《けっ》したようにぼくたちをしゃぼんトカゲの生息地《せいそくち》へと案内《あんない》し始めたのです。

移動《いどう》中の会話で、ぼくたちはトカゲがレニーという名前であることを知りました。レニーによると、しゃぼんトカゲは水が干上《ひ》がり、人間が誰《だれ》も寄《よ》りつかなくなった古井戸《ふるいど》の中で生活しているとのことでした。

「ほら、あそこに枯《か》れ井戸《いど》が見えるでしょ。あの中がしゃぼんトカゲの住みかになっているのさ」

「こんなに背丈《せたけ》の高い植物に囲《かこ》まれた場所の枯《か》れ井戸《いど》なんて、確《たし》かに目立たないし、誰《だれ》も興味《きょうみ》を示さないだろうね」

ジェイクが両手で雑草《ざっそう》を払《はら》いのけながら、つぶやきました。

「この井戸《いど》は結構深《けっこうふか》くて、人間が下《お》りるのはかなり危険《きけん》だと思うよ。いったんぼくが中に入って事情を説明《せつめい》してくるから、君たちはここで待《ま》っていてくれるかい？」

レニーの提案《ていあん》にぼくたちは大きく賛同《さんどう》しました。すると、レニーはぼくたちにウィンクし、器用《きよう》に井戸《いど》の壁《かべ》を伝《つた》い下《お》り始めたのです。

それから5分ほどが経過《けいか》したとき、レニーが壁《かべ》を這《は》い上がってぼくたちのもとに戻《もど》ってきました。レニーが1匹《ぴき》だけで戻《もど》ってきたのを見たぼくは、思わずあきらめのため息《いき》をつきました。すると、レニーがぼくとステラを交互《こうご》に見て言ったのです。

「しゃぼんトカゲに事情を話したら、いきなり大勢《おおぜい》の人間に会うのはリスクが高すぎるから、まず君たちが信頼《しんらい》に値《あたい》するかを判断《はんだん》したいとのことだったよ。君たちの中から代表者を2人決めて、井戸《いど》の中に下《お》りてきてほしいんだって。ぼくの考《かん》えではルークと、リンガが使えるステラがいいと思うんだけど、どうかな？」

「それはいい考《かん》えだね。ルーク、ステラ、頼《たの》んだよ」

ディランが右腕《うで》を軽《かる》く持ち上げ、こぶしをぎゅっと閉《と》じました。

「わたしは構《かま》わないけど、いったいどうやってこんな深《ふか》い井戸《いど》の中に入るのよ。階段《かいだん》だってないのに」

ステラが真っ暗で底《そこ》の見えない井戸《いど》を、不安《ふあん》そうにのぞき込《こ》みました。

「井戸《いど》の近くには木が生えていないから、ロープも結《むす》びつけられないしね。困《こま》ったなあ」

ジェイクが困惑《こんわく》の表情を浮《う》かべました。

すると、井戸《いど》の中をのぞき込《こ》んでいたナンシーが突然《とつぜん》声を上げました。

「ねえ、あれは何かしら、下から何かが上がって来るわ」

ナンシーの言葉に反応《はんのう》したぼくは、井戸《いど》の中に顔《かお》を突《つ》っ込《こ》んで下からプカプカと浮《う》かび上がってくるものを観察《かんさつ》しました。それは何と、直径《ちょっけい》1・5メートルほどもある大きなしゃぼん玉だったのです。ゆっくりと上昇《じょうしょう》したしゃぼん玉は、やがて井戸《いど》の外にポンと飛《と》び出ると、壊《こわ》れることもなく草《くさ》むらに着地《ちゃくち》しました。きれいな球形《きゅうけい》を維持《いじ》したそのしゃぼん玉は形を損《そこ》なうことなく、ぶるぶると震動《しんどう》していたのです。

「さあ、乗《の》ろう。ルーク。ステラは次に上がってくるしゃぼん玉に乗《の》ってね」

レニーはぼくの足をつたって体をよじ登《のぼ》ると、右肩《かた》の上にちょこんと座《すわ》りました。

「乗《の》るってどういうこと?まさかこのしゃぼん玉の中に入れとでも言うの?そんなことしたらすぐに割《わ》れちゃうよ」

レニーがあまりにも突飛《とっぴ》なことを言うので、ぼくはだんだんおかしくなってきました。

「しゃぼんトカゲのしゃぼん玉は驚《おどろ》くほど丈夫《じょうぶ》なんだ。まあ、中に入ってみなよ」

レニーにうながされたぼくは半信半疑《はんしんはんぎ》でしゃぼん玉の中に足を踏《ふ》み入れました。すると不思議《ふしぎ》なことにしゃぼん玉は割《わ》れずに、レニーを肩《かた》に乗《の》せたぼくの体全体を包み込《こ》み、そのまま空中に浮《う》かび上がったのです。

「すごい!何て強度なんだ。乗《の》るときは簡単《かんたん》に中に入れたのに、ぼくの体重《たいじゅう》を壊《こわ》れずに楽々《らくらく》と持ち上げるだなんて」

しゃぼん玉の中に入ったぼくの体は、井戸《いど》の真上で停止《ていし》すると、しばらくそこにふわふわと漂《ただよ》っていました。

すると、2個目のしゃぼん玉が井戸《いど》から飛《と》び出し、先ほどと同様に草《くさ》むらに着地《ちゃくち》したのです。

「まあ、なんて素敵《すてき》なの。まるで夢を見てるみたいだわ」

ステラは大喜《よろこ》びで2個目のしゃぼん玉に飛《と》び乗《の》りました。すると、しゃぼん玉はふわふわと空中に浮《う》かび、ぼくとレニーの乗《の》ったしゃぼん玉の真上で停止《ていし》したのです。

「さあ、井戸《いど》の中へ出発《しゅっぱつ》だ！」

レニーが大きな声でそう言うと、2つのしゃぼん玉はゆっくりと井戸《いど》の中に入り込《こ》んでいったのです。

第11話　黄金《おうごん》ミミズ

井戸《いど》から浮《う》かび上がってきたしゃぼん玉に乗《の》り込《こ》んだぼくとステラは、レニーの掛《か》け声とともに、深《ふか》い井戸《いど》の中へと入り込《こ》んでいきました。井戸《いど》の中は真っ暗で何も見えず、ぼくは先ほどまでのメルヘンチックな気分が消え失《う》せ、徐々《じょじょ》に恐怖《きょうふ》が心を支配《しはい》していくのを感《かん》じました。

「レニー、ぼくたちいつまで下《お》り続《つづ》けるの？真っ暗で薄気味悪《うすきみわる》いよ」

ぼくは肩《かた》に乗《の》ったレニーに話しかけました。

「暗いのは今だけだから大丈夫《だいじょうぶ》。もう少しで地面に着地《ちゃくち》するよ」

レニーの言葉を半信半疑《はんしんはんぎ》の気持ちで受《う》け止めたぼくが着地《ちゃくち》の瞬間《しゅんかん》を今か今かと待《ま》ち望んでいると、突然《とつぜん》、ぼくたちの乗《の》ったしゃぼん玉が、ボヨンボヨンと前にバウンドするのがわかりました。それに続《つづ》き、ステラの乗《の》ったしゃぼん玉が後方で着地《ちゃくち》し、上下に小刻《こきざ》みに跳《は》ねながら前進していくのが見えたのです。

2個のしゃぼん玉はそのままバウンドしながら前進を続《つづ》け、ある地点でぴたりと停止《ていし》しました。すると、井戸《いど》の中でコモドドラゴンほどの大きさのトカゲのシルエットが蛍光色《けいこうしょく》に浮《う》かび上がったかと思うと、暗闇《くらやみ》の中全体が一気に明るくなったのです。

「しゃぼんトカゲは、自《みずか》らの意志《いし》で暗闇《くらやみ》で発光《はっこう》できるんだ。その光を受《う》けた井戸《いど》の中の発光《はっこう》ゴケが反応《はんのう》し、こんな風に明るくなったってわけさ」

レニーの説明《せつめい》にぼくは大いに納得《なっとく》しました。黄色や緑を帯《お》びた幻想《げんそう》的な輝《かがや》きは、すでにぼくに馴染《なじ》みのある空洞樹《くうどうじゅ》の迷宮《めいきゅう》内での照明《しょうめい》に非常によく似《に》ていたからです。

「ルーク、ステラ、そろそろしゃぼん玉から降《お》りよう。しゃぼんトカゲが君たちをお待《ま》ちかねだよ」

レニーに言われるがままに、ぼくとステラはそれぞれしゃぼん玉から外に出ました。不思議《ふしぎ》なことにしゃぼん玉はそれでもなお割《わ》れずにその場にあり続《つづ》けたのです。ぼくはその信《しん》じがたいほどの丈夫《じょうぶ》さにとても感銘《かんめい》を受《う》けました。

「ようこそ、ルーク・ガーナー。ぼくらを直接目撃《ちょくせつもくげき》した人間はきっと君たちが初《はじ》めてのはずだ。ぼくらは君たちを心から歓迎《かんげい》したいと思う」

黄色とピンクの太い縞々《しましま》があるしゃぼんトカゲは、ぼくの方に歩み寄《よ》ると、ぼくの右手をつかんで握手《あくしゅ》しました。

「ぼくの名前はパフ。よろしくね。レニーから君たちの事情は、ある程度《ていど》聞いているよ。マジックパークの遊具《ゆうぐ》が置《お》かれている、集《つど》いの牧場《まきば》に行きたいんだって?ぼくらが力を貸《か》せば、それは可能だと思うよ」

「まあ、ほんと！すごく助《たす》かるわ。ぜひ力を貸《か》してちょうだい」

ステラが両手を組み合わせ、言葉に力を込《こ》めて頼《たの》みました。

「いいとも。ただし、ぼくのお願《ねが》いを聞いてくれたらね」

パフが首を左右に動かして、ぼくたちを交互《こうご》に見つめました。

「お願《ねが》いって何？」

ぼくはそうたずねると、ゴクリとつばを飲み込《こ》みました。

「実は、この井戸《いど》の中で、ぼくたちの一族《いちぞく》全員分のエサを確保《かくほ》するのがとても大変《たいへん》なんだ。最近《さいきん》ではエサのミミズがなかなか取れなくなってきて、ちょうど困《こま》っていたところだったんだ。豊穣《ほうじょう》の大地の果樹園《かじゅえん》に黄金《おうごん》果実《かじつ》という名の果実《かじつ》があるんだ。そして、黄金果実《おうごんかじつ》が育つ土壌《どじょう》には、黄金《おうごん》ミミズという虫がたくさんいるのさ。黄金《おうごん》ミミズはぼくたちにとって、とてつもないほどに栄養価《えいようか》が高く、それを食べれば食事は年に一回で済《す》むようになるんだ。つまり、1匹《ぴき》で一年分の栄養《えいよう》分が取れるってわけさ。ぼくのお願《ねが》いは、この井戸《いど》に黄金《おうごん》ミミズ10匹《ぴき》と、黄金果実《おうごんかじつ》の種《たね》を10個持ってきてほしいんだ。ここで黄金果実《おうごんかじつ》を栽培《さいばい》すれば、黄金《おうごん》ミミズはどんどん数を増《ふ》やすだろうから、ぼくたちの一族《いちぞく》も永遠《えいえん》に安泰《あんたい》だろうからね」

パフの条件《じょうけん》を聞いたぼくは、思わずため息《いき》をつきました。なぜならぼくにとっては黄金果実《おうごんかじつ》も黄金《おうごん》ミミズも、見たことも聞いたこともない存在《そんざい》だったからです。ぼくが困惑《こんわく》の表情を浮《う》かべながら、ステラの方をちらりと見ると、なぜかステラはニコニコと愛想《あいそ》のよい笑顔《えがお》でパフを見返《かえ》していたのです。

「ルーク、わたし、金色の果実《かじつ》をパーカーさんの果樹園《かじゅえん》で見たわ。たぶんあれが黄金果実《おうごんかじつ》よ。だとしたら、そこの土壌《どじょう》に黄金《おうごん》ミミズもたくさんいるんじゃないかしら」

ステラの言葉を聞いたぼくは安心し、自信《じしん》を取り戻《もど》すと、改《あらた》めてパフの方に向《む》き直りました。

「パフ、君のお願《ねが》い、ぼくたちがきっとかなえてみせるよ。ただし、ぼくからも1つお願《ねが》いがあるんだ。黄金《おうごん》果実《かじつ》を育てている農夫《のうふ》さんが、どうしてもしゃぼんトカゲを飼《か》いたいと言っているんだ。そのお願《ねが》いは無茶《むちゃ》だとわかっている。だけど、せめて、その農夫《のうふ》さんと一緒《いっしょ》に写真《しゃしん》だけでも撮《と》らせてあげてくれないかな」

するとパフは急《きゅう》に警戒《けいかい》心を募《つの》らせ、後方に数歩後ずさりしました。そしてしばらくぼくとステラの目を交互《こうご》にじっと見つめると、ふうっとため息《いき》をついて、先ほどと同じ位置《いち》まで戻《もど》ってきたのです。

「少し怖《こわ》い気もするけど、ぼくの願《ねが》いがかなうなら、写真《しゃしん》だけなら構《かま》わないよ。ルークの知り合いに悪《わる》い人はいないだろうからね。ただ、その果樹園《かじゅえん》に移動《いどう》する際《さい》に、他の人間に姿《すがた》を見られるのはどうしても避《さ》けたいんだ」

「それなら安心して。わたしたちの仲間《なかま》のジェイクが、マーカという魔法《まほう》を使うことができるの。それを使えば一瞬《いっしゅん》でパーカーさんの自宅内に移動《いどう》できるから、他の人間に見られることはないわ」

それを聞いたパフはさらにぼくたちの方に距離《きょり》を詰《つ》めると、にっこりとほほ笑《え》み、ぼくとステラの手を交互《こうご》にぎゅっと握《にぎ》り締《し》めたのです。

パフとの話し合いを終えたぼくとステラは、レニーを連《つ》れて再《ふたた》びしゃぼん玉に乗《の》り込《こ》むと、しゃぼん玉の動きに任《まか》せながら、井戸《いど》の上へと上昇《じょうしょう》していきました。そして、井戸《いど》の外へ出たぼくたちは、仲間《なかま》たちに簡潔《かんけつ》に会合で話し合った内容を伝《つた》えました。ぼくたちが今後すべきことを確認《かくにん》し終えたとき、井戸《いど》の中からしゃぼん玉に乗《の》ったパフがぼくたちの前にちょうど姿《すがた》を現《あらわ》したのです。

「まあ。しゃぼんトカゲって大きいのね。ピンクと黄色の縞《しま》がカラフルでかわいいわ」

ナンシーが驚《おどろ》いた様子でパフを見つめました。

パフはぼくたちの人数の多さに少し緊張《きんちょう》した様子でしたが、仲間《なかま》たちが一人一人自己紹介し、パフと握手《あくしゅ》を交わすと、少し打ち解《と》けた様子を見せたのです。

「よし、じゃあ今からパーカーさんの部屋《へや》に移動《いどう》するからね。みんな準備《じゅんび》はいいかい」

ジェイクはぼくたちに指示《しじ》を出し、近くに寄《よ》らせると、大きな声で魔法《まほう》を唱《とな》えました。

「マーカ！」

するとぼくたちは、たちまちパーカーさんの自室へと移動《いどう》していたのです。

ソファーに横《よこ》たわってうとうとしていたパーカーさんは、急《きゅう》に姿《すがた》を現《あらわ》したぼくたちにとても驚《おどろ》き、大きな叫《さけ》び声を上げて、ソファーから跳《と》び起《お》きました。

「君たち、いきなり目の前に現《あらわ》れるだなんて心臓《しんぞう》に悪《わる》いじゃないか。少しは気を使ってくれたまえ」

パーカーさんは不機嫌《ふきげん》そうな表情を浮《う》かべてぼくたちを凝視《ぎょうし》しましたが、しゃぼんトカゲのパフを見ると、急《きゅう》に口調《くちょう》が和《やわ》らいだのです。

「まさか、もうしゃぼんトカゲを見つけたのか？なんてあっぱれなことじゃ」

「パーカーさん、この子はしゃぼんトカゲのパフです」

ぼくは、パーカーさんにパフを紹介し、パフの一族《いちぞく》が黄金《おうごん》ミミズ10匹《ぴき》と黄金果実《おうごんかじつ》の種《たね》10個を条件《じょうけん》として、ぼくたちが集《つど》いの牧場《まきば》に行くのを手伝《てつだ》ってくれること、そして、パーカーさんが全面的に協力《きょうりょく》してくれるのであれば、ペットにはなれずとも、一緒《いっしょ》に写真《しゃしん》を撮《と》るのを許可《きょか》してくれたことなどを説明《せつめい》しました。

パーカーさんは、しゃぼんトカゲを飼《か》う夢が打ち砕《くだ》かれたことに少しがっかりとした様子でしたが、パフの気持ちを理解《りかい》し、写真撮影《しゃしんさつえい》と引き換《か》えに、黄金果実《おうごんかじつ》の果樹園《かじゅえん》にぼくたちが入ることを許可《きょか》してくれたのです。

「黄金果実《おうごんかじつ》の種《たね》はわしが持っておるから、今すぐあげよう。ただし、問題は黄金《おうごん》ミミズの捕獲《ほかく》じゃ。黄金《おうごん》ミミズは土壌《どじょう》を肥沃《ひよく》にしてくれる非常にありがたい存在《そんざい》なのじゃが、あのいたずら者を捕《と》らえるのは容易《ようい》ではないぞ。まあ、実際《じっさい》に見てみればわかるじゃろう。とにかく果樹園《かじゅえん》まで案内《あんない》してあげるから、あとは君たちで工夫して捕《つか》まえてみてくれたまえ」

パーカーさんはそう言うと、引き出しの中からアボカドの種《たね》くらいの大きさの金色の種《たね》をぼくに10個手渡《わた》しました。

「これが黄金果実《おうごんかじつ》の種《たね》じゃ。さあ、果樹園《かじゅえん》に移動《いどう》しよう」

ミミズなんて簡単《かんたん》に捕《つか》まえられるとたかをくくっていたぼくは、パーカーさんの発《はっ》した、いたずら者という言葉がとても気になり、そのことがいつまでも頭《あたま》を離《はな》れませんでした。屋敷《やしき》の外に出ると、パーカーさんはぼくたちに虫かごを1つ貸《か》してくれました。

「この中に黄金果実《おうごんかじつ》が育つ場所の土を入れて、そこに捕《つか》まえた黄金《おうごん》ミミズを入れなさい。実際《じっさい》に捕《つか》まえるのは君たち全員でやるのかい？」

パーカーさんの問いかけに、ナンシーがいち早く反応《はんのう》しました。

「捕獲作戦《ほかくさくせん》はルークとジェイク、それにディランで行うわ。ミミズを捕《つか》まえるなんて女の子にはちょっと無理な話ですもの。わたしとステラは状況《じょうきょう》に応《おう》じて的確《てきかく》なアドバイスをすることに徹《てっ》するわ」

「捕獲《ほかく》するのには軍手《ぐんて》が必要《ひつよう》だと思うのだが、あいにく子供のサイズの物は2つしかないんじゃ。一人は素手《すで》での作業《さぎょう》になるが構《かま》わんかね」

パーカーさんがぼくに子供用の軍手《ぐんて》を2組手渡《わた》しました。

「ぼく、自分の軍手《ぐんて》持ってきました。きっと使う場面がやってくるんじゃないかと思ったんです」

軍手《ぐんて》と水筒《すいとう》、そして8種《しゅ》の木の実チョコを持ち込《こ》んでいたぼくは、軍手《ぐんて》を持っきて本当によかったと思いました。

こうしてぼくたちは、緊張《きんちょう》の面持《おもも》ちで、パーカーさんが営む黄金果実《おうごんかじつ》の果樹園《かじゅえん》に向《む》けて歩き始めたのです。

第12話　果樹園《かじゅえん》での攻防《こうぼう》

パーカーさんに引き連《つ》れられて黄金果実《おうごんかじつ》の果樹園《かじゅえん》にたどり着《つ》いたぼくたちは、さっそく両手に軍手《ぐんて》をはめ、黄金《おうごん》ミミズの捕獲作戦《ほかくさくせん》に備《そな》えました。一方、果樹園《かじゅえん》の入り口付近《ふきん》では、ぼくとジェイク、ディランを応援《おうえん》するために仲間《なかま》たちが集合《しゅうごう》したのです。

「わしは君の仲間《なかま》たちと共《とも》に、ここで待機《たいき》しておるよ。君たちの健闘《けんとう》を祈《いの》っておるぞ」

パーカーさんが、ぼくの背中《せなか》をトンとたたきました。

「さあ、2人とも準備《じゅんび》はいいね。果樹園《かじゅえん》に入るよ」

ぼくはそう言うと、意《い》を決《けっ》して果樹園《かじゅえん》の中に先頭《せんとう》を切って足を踏《ふ》み入れました。

果樹園《かじゅえん》の中には、無数の木が育ち、その多くが金色の実を結《むす》んでいました。その高級感《こうきゅうかん》が漂《ただよ》う果実《かじつ》を目の当たりにしたぼくは、将来《しょうらい》大人になってお金持ちになったら、絶対《ぜったい》に黄金果実《おうごんかじつ》を買って食べようと心に誓《ちか》ったのです。

「ルーク、なぜぼうっと上の方ばかり見ているんだい？地面を見て黄金《おうごん》ミミズを探さなきゃ」

ジェイクの声を聞いたぼくは、夢見心地の気分からはっと我《われ》に返《かえ》り、自分が今ここにいる目的を思い出しました。そして、全神経《しんけい》を集中《しゅうちゅう》させて、黄金《おうごん》ミミズを探《さが》し始めたのです。

まずぼくは、地面に積《つ》もる落《お》ち葉を、軍手《ぐんて》をはめた両手で次々にひっくり返《かえ》しながら、一か所に寄《よ》せていきました。落《お》ち葉の裏《うら》にはナメクジやダンゴムシ、ムカデなど、様々な生き物が隠《かく》れていました。ぼくがその作業《さぎょう》を始めてから数分ほど経過《けいか》したとき、ぼくはついに金色に輝《かがや》くミミズを発見《はっけん》したのです。

「いたぞ！」

ぼくは大声で叫《さけ》び、仲間《なかま》たちに黄金《おうごん》ミミズの発見《はっけん》を伝《つた》えると、右手でさっとそのミミズをつかみ取りました。捕獲《ほかく》の感触《かんしょく》を十分に感《かん》じ取ったぼくは、そのまま右手を閉《と》じたまま、虫かごを持つジェイクの方に急《いそ》いで駆《か》け寄《よ》ったのです。ジェイクは虫かごのふたを開け、ぼくが右手を開くのに備《そな》えました。いつの間にかぼくたちに合流したディランは、つばをゴクリと飲み込《こ》み、徐々《じょじょ》に開かれるぼくの手に注目《ちゅうもく》したのです。

しかし、ぼくが右手を完全《かんぜん》に開ききったとき、ぼくは自分の目を疑《うたが》いました。なぜなら、そこには捕《と》らえたはずの黄金《おうごん》ミミズがいなかったばかりか、ぼくの軍手《ぐんて》の右手のひらを覆《おお》う部分が楕円《だえん》を描《えが》くように溶《と》けてなくなっていたからです。

「いったいこれはどういうことなんだ？　絶対《ぜったい》に捕《つか》まえたはずなのに」

ぼくは驚《おどろ》きのあまり、その場に呆然《ぼうぜん》と立ちつくしました。

「ひょっとしたら手でつかみそこなったか、ここに運《はこ》ぶ途中《とちゅう》で地面に落《お》としたんじゃないかな」

ディランが穏《おだ》やかな口調《くちょう》で言いました。

「そうだよ、ルーク。気にすることないよ。とにかく、この果樹園《かじゅえん》に黄金《おうごん》ミミズがいるのを確《たし》かめられただけでもよかったんじゃないかな。どんどん探《さが》し続《つづ》けようよ」

ジェイクが励《はげ》ましの声をかけました。

「君たちの言う通りかもしれないけど、いったいなぜ、軍手《ぐんて》が溶《と》けたんだろう。もし素手《すで》で捕《つか》まえてたら、ぼくの手はどうなっていたのかな」

そう考《かんが》えると、ぼくは黄金《おうごん》ミミズに触《ふ》れることに恐怖《きょうふ》を感《かん》じ始めました。

「ルーク、ぼくのスコップ貸《か》すから使いなよ」

マジックパークに浮《う》き輪《わ》とロープ、そしてスコップを持ってきていたジェイクが、ぼくに大きな鉄製《てっせい》のスコップを差《さ》し出しました。

「ありがとう、ジェイク。君たちも黄金《おうごん》ミミズに触《ふ》れるときは、十分に気をつけてね」

ぼくは、ジェイクからスコップを受《う》け取ると、再《ふたた》び黄金《おうごん》ミミズ探《さが》しに注意《ちゅうい》を傾《かたむ》けました。

気を取り直したぼくたちが捕獲作戦《ほかくさくせん》を再開《さいかい》してからしばらくすると、今度は四つん這《ば》いになって地面を探《さが》していたジェイクが大声を上げました。

「あ、ここにいた！えいっ！」

ジェイクはそう言うと、両手で黄金《おうごん》ミミズをすくい取り、さっと両手を閉《と》じると、すぐに真横《よこ》に置《お》かれた虫かごの上で両手を開きました。

その一部始終を少し離《はな》れたところから見ていたぼくは、今度こそやったと思い、期待《きたい》に胸《むね》がふくらみました。しかし、次の瞬間《しゅんかん》ジェイクの表情は曇《くも》り、みるみるうちに青ざめていったのです。

「き、消えた。間違《まちが》いなく捕《つか》まえたのに」

ジェイクは空っぽの虫かごを見て、きょとんとした表情を浮《う》かべました。そして、そのまま視線《しせん》を軍手《ぐんて》をはめた自分の両手のひらに移《うつ》すと、時が止まったかのようにしばらくそれを見つめ、そのまま顔《かお》を上げると、果樹園《かじゅえん》に響《ひび》き渡《わた》るほどの大声で叫《さけ》び声を上げたのです。

その耳をつんざくほどの叫《さけ》び声を聞いたとき、ぼくは一瞬《いっしゅん》大きく武者震《むしゃぶる》いしました。そして、すぐさまジェイクの元に駆《か》けつけたのです。反対側にいたディランも何事かと、一目散《いちもくさん》にぼくたちの方に走り寄《よ》って来ました。

ぼくは顔面蒼白《がんめんそうはく》なジェイクの表情を心配《しんぱい》の面持《おもも》ちで見つめると、その後覚悟《かくご》を決めて、ゆっくりと彼の両手のひらへと視線《しせん》を移《うつ》しました。ジェイクの手のひらに起《お》こった大惨事《さんじ》を、様々にイメージしていたぼくは、自分の想像《そうぞう》をはるかに超《こ》えるその事態《じたい》に、完全《かんぜん》に言葉を見失《みうしな》ってしまったのです。

「ジェイク、なんか両手がひらひらしてるけど、大丈夫《だいじょうぶ》？軍手《ぐんて》をはずしてみよう」

ジェイクの両手のひらから厚《あつ》みがなくなり、軍手《ぐんて》がパタパタと上下に揺《ゆ》れているのを見たディランが、急《いそ》いでジェイクの両手から軍手《ぐんて》を取り外《はず》しました。

すると、ジェイクの手のひらは、まるで骨《ほね》が抜《ぬ》かれ、紙《かみ》にでもなったかのように薄《うす》っぺらい皮膚《ひふ》のみが残《のこ》っていたのです。

「ジェイク、痛《いた》くないの？指《ゆび》はちゃんと動かせる？」

そうたずねたぼくは、ジェイクのあまりにも不憫《ふびん》な姿《すがた》に、大きく心を痛《いた》めました。

「痛《いた》くはないよ。ただ、手が勝手に上下にひらひらと動いて、自分の意志《いし》で指《ゆび》が動かせないんだ」

ジェイクが悔《くや》しそうに目に涙《なみだ》を浮《う》かべながら答《こた》えました。

「えい！」

突然果樹園《とつぜんかじゅえん》の入り口で誰《だれ》かが叫《さけ》び声を上げました。すると、黄色くて柔《やわ》らかな光がジェイクの手のひらを覆《おお》い、瞬《またた》く間に元の状態《じょうたい》に戻《もど》したのです。

「ミラ、ありがとう！」

手のひらが完全《かんぜん》に修復《しゅうふく》されたジェイクは、入り口で支援《しえん》の魔法《まほう》を唱《とな》えたミラに感謝《かんしゃ》しました。

「あなたたち、黄金《おうごん》ミミズを捕《つか》まえるのはあきらめた方がいいわ。この果樹園《かじゅえん》にいる黄金《おうごん》ミミズたちは黄金《おうごん》果実《かじつ》を食べたのよ」

ぼくたちはミラの言葉の真意《しんい》がまったく理解《りかい》できず、ぼくを含《ふく》む仲間《なかま》たちの視線《しせん》がミラに集中《しゅうちゅう》しました。

「ミラ、いったいどういうことなの？　わたしたちにわかるように説明《せつめい》してちょうだい」

ナンシーがミラににじり寄《よ》りました。

「あなたたちに説明《せつめい》する必要《ひつよう》はないと思ったから黙《だま》っていたんだけど、実は黄金果実《おうごんかじつ》は魔女《まじょ》が許可《きょか》した人物または生き物しか食べることが許《ゆる》されていない果物《くだもの》なの。なぜなら、黄金果実《おうごんかじつ》を食べると魔力《まりょく》が大きく増《ま》してしまって危険《きけん》だからよ。だから、魔女《まじょ》はこの島にいる上級魔法《まほう》使いや特別《とくべつ》な生物だけに、黄金果実《おうごんかじつ》を食べるのを許可《きょか》しているの」

「もっと早くわしからも説明《せつめい》すべきじゃったな。この果樹園《かじゅえん》で栽培《さいばい》されている黄金果実《おうごんかじつ》は、魔女《まじょ》様に献上《けんじょう》する目的で育てておるのじゃ。一般《いっぱん》に流通《りゅうつう》させるためのものではないのじゃよ」

パーカーさんが、添《そ》えるように説明《せつめい》を加《くわ》えました。

「具体的にどの生物に魔女《まじょ》が黄金果実《おうごんかじつ》を食べる許可《きょか》を与えたのかは、魔女《まじょ》が公表していないから不明なの。でも、さっきの黄金《おうごん》ミミズの動きを見て確信《かくしん》したわ。きっと、彼らは黄金果実《おうごんかじつ》を食べる許可《きょか》を魔女《まじょ》から得《え》ている生物なのよ。そうなると、あなたたちに捕獲《ほかく》するのはとても無理な話よ。あなたたちが黄金《おうごん》ミミズを捕《つか》まえようとすればするほど、黄金《おうごん》ミミズのいたずらはエスカレートしていくわ」

ミラは両手を腰《こし》に据《す》え、ため息《いき》をつきました。

「わたしたち、ここまで来てあきらめるしかないだなんて、あんまりだわ。ミラ、黄金《おうごん》ミミズを捕獲《ほかく》する方法は本当に存在《そんざい》しないの？」

ステラがすがるようにミラを見つめました。

「私に思いつく限《かぎ》り、たった1つだけ方法があるけど、それはとんでもない選択肢《せんたくし》だわ」

「それはどんな方法なの」

果樹園《かじゅえん》の入り口まで移動《いどう》したぼくがたずねました。

「黄金果実《おうごんかじつ》を食べることよ。そうすれば、魔力《まりょく》が増大《ぞうだい》して、黄金《おうごん》ミミズのいたずらをすべて回避《かいひ》できるようになるわ。ただし、それを魔女《まじょ》が知ったら激怒《げきど》して、ただでは済《す》まされないでしょうね。だから、それだけはあり得《え》ない選択肢《せんたくし》なの」

ミラの表情は、怒《おこ》った魔女《まじょ》の姿《すがた》を想像《そうぞう》したためか、青ざめていました。

「だとすると、納得《なっとく》できないことが1つあるんだ。パーカーさん、ぼくたちが黄金果実《おうごんかじつ》の種《たね》を求《もと》めたとき、なぜぼくたちにあっさりとくれたんですか？　しゃぼんトカゲが誤《あやま》って食べてしまうとは考《かんが》えなかったんですか？」

ジェイクが鋭《するど》い質問《しつもん》をパーカーさんに浴《あ》びせました。

「この島に住む人間も動物も、黄金果実《おうごんかじつ》は魔女《まじょ》の許可《きょか》なしでは食べることが許《ゆる》されない特別《とくべつ》な果物《くだもの》であるという事実を熟知《じゅくち》しておるんじゃ。だから、しゃぼんトカゲが井戸《いど》で黄金果実《おうごんかじつ》を育てたとしても、栽培《さいばい》することと自体には問題がないわけじゃし、自《みずか》らそれを食べるという過《あやま》ちを犯《おか》すとは思えなかったから、種《たね》をあげたんじゃ。黄金《おうごん》ミミズは、黄金果実《おうごんかじつ》の育つ土を肥《こ》やすのが生態系《せいたいけい》上の役目で、また、黄金果実《おうごんかじつ》の育つ場所の土を栄養《えいよう》分として体内に取り入れてもいるわけじゃ。栄養《えいよう》を取らないと黄金《おうごん》ミミズは死んでしまうじゃろうから、しゃぼんトカゲに種《たね》をプレゼントしたわけじゃよ」

パーカーさんの説明《せつめい》はぼくにとってとてもわかりやすく、納得《なっとく》のいくものでした。

すると、突然《とつぜん》ミラが何かを思い出したかのように、手のひらをこぶしでたたいたのです。

「わたし、上級魔法《まほう》使いだから、時々、魔女《まじょ》に招《まね》かれて晩餐《ばんさん》会や昼食会に参加《さんか》することがあるの。あるとき、昼食会のデザートで黄金果実《おうごんかじつ》が振舞《ふるま》われたんだけど、そのとき、魔女《まじょ》が言ってた言葉を思い出したわ。ずっと昔、魔女《まじょ》はしゃぼんトカゲに特殊《とくしゅ》な能力《のうりょく》を授《さず》けるために、黄金果実《おうごんかじつ》を食べることを許可《きょか》したそうよ。現代《げんだい》のしゃぼんトカゲの一族《いちぞく》は黄金果実《おうごんかじつ》を食べる習慣《しゅうかん》がなくなってしまったから、きっとみんな忘《わす》れてしまってるかもしれないけれど、彼らの遠い祖先は黄金果実《おうごんかじつ》を食べたのよ」

「ぼくたちの特殊能力《とくしゅのうりょく》の秘密《ひみつ》が、ご先祖様が食べた黄金果実《おうごんかじつ》にあっただなんて、初《はじ》めて聞いたよ。しかも、ぼくたちが黄金果実《おうごんかじつ》を食べるのを認《みと》められた種族《しゅぞく》だっただなんて誰《だれ》も話題にしていなかったから、全然《ぜんぜん》知らなかった」

パフはミラの話に目を丸くして驚《おどろ》きました。

「ということは、これで問題解決《かいけつ》の筋道《すじみち》が立ったわね。パフが黄金果実《おうごんかじつ》を食べて、自分で黄金《おうごん》ミミズを捕獲《ほかく》すればいいんだわ」

ナンシーが得意《とくい》げな表情でにんまりとしました。

「パフ、やってくれるかい？」

ぼくはパフに期待《きたい》を込《こ》めた眼差《まなざ》しを向《む》けました。すると、パフはまるで黄金《おうごん》ミミズ捕獲《ほかく》のリハーサルであるかのようにシュッと長い舌《した》を出し、シュルシュルとその舌《した》を口の中に戻《もど》すと、にっこりとほほ笑《え》んで、前足の指《ゆび》で器用《きよう》にVサインを作ったのです。

第13話　突然《とつぜん》の侵入者《しんにゅうしゃ》

しゃぼんトカゲが魔女《まじょ》から黄金果実《おうごんかじつ》を食べる許可《きょか》を得《え》た生物であることを知ったぼくたちは、パフに黄金《おうごん》果実《かじつ》を食べさせることによって、黄金《おうごん》ミミズの魔力《まりょく》を無効《むこう》にするという作戦《さくせん》を決行することにしました。

「さあパフや、これをお食べ」

パーカーさんが、木からもぎ取った黄金果実《おうごんかじつ》を、皮をナイフで器用《きよう》にむき、パフに手渡《わた》しました。黄金果実《おうごんかじつ》は皮だけでなく、その実も金色で、とてもよい香《かお》りが辺りに充満《じゅうまん》しました。ぼくは、その果実《かじつ》を美味《おい》しそうに舌鼓《したつづみ》を打ちながら食べるパフの姿《すがた》が羨《うらや》ましくて仕方《しかた》がありませんでした。

「ふう、全部食べ終わったぞ。ああ、美味《おい》しかった。なんだか全身に力がみなぎってきたぞ。頭《あたま》もすごく冴《さ》えてきた感《かん》じがする」

そう言うと、パフは果樹園《かじゅえん》の中に勇《いさ》んで入っていきました。ぼくは両手を組み合わせて、パフの成功《せいこう》を願《ねが》いました。パフは、果樹園《かじゅえん》の中を大きな図体でしばらくうろうろと捜《さが》しまわると、突然《とつぜん》声を上げました。

「いたぞ！」

言うが早いか、パフは素早《すばや》く舌《した》を出し、黄金《おうごん》ミミズの体に巻《ま》きつけました。そして、それをポーンと上空に放《ほう》り投《な》げると、口の中から大きな金色のしゃぼん玉を空中に放出《ほうしゅつ》したのです。金色のしゃぼん玉はふわふわと空中に浮《う》かび上がると落下途中《らっかとちゅう》の黄金《おうごん》ミミズを捕《と》らえ、中に取り込《こ》みました。閉《と》じ込《こ》められた黄金《おうごん》ミミズはしばらくの間、しゃぼん玉の外に出ようと必死《ひっし》で動き回りましたが、それが不可能《ふかのう》だと悟《さと》ったのか、やがて観念《かんねん》したかのようにおとなしくなりました。

パフはその様子を満足《まんぞく》そうに眺《なが》めると、今度は口の中から小さなしゃぼん玉を9個連続《れんぞく》で発射《はっしゃ》しました。それぞれのしゃぼん玉は、畑の中をふわふわと飛《と》び回り、それぞれ別《べつ》の地点で停止《ていし》すると、ポンと音を立ててはじけ、雨のように地面にぽたぽたと雫《しずく》を垂《た》らし始めました。雫《しずく》は地面の付近《ふきん》に隠《かく》れていたと思われる黄金《おうごん》ミミズに直撃《ちょくげき》し、それを受《う》けた黄金《おうごん》ミミズは列《れつ》をなしてパフの方に前進していきました。パフは近づいてきた9匹《ひき》の黄金《おうごん》ミミズを一気に舌《した》に巻《ま》きつけると、それらを上空に浮《う》かぶすでに黄金《おうごん》ミミズが1匹《びき》入り込《こ》んでいる金色のしゃぼん玉めがけて投《な》げつけました。そして、あっという間に9匹《ひき》の黄金《おうごん》ミミズはすべて金のしゃぼん玉の中に吸収《きゅうしゅう》されてしまったのです。

「ルーク、黄金果実《おうごんかじつ》の種《たね》を持ってきてくれるかい?」

パフが果樹園《かじゅえん》の中から大きな声で言いました。ぼくがパフの元に走り寄《よ》り、黄金果実《おうごんかじつ》の種《たね》を10個手渡《わた》すと、パフは舌《した》を使って受《う》け取った種《たね》をすべて金色のしゃぼん玉めがけて放《ほう》り投《な》げたのです。すると種《たね》はすべてそのしゃぼん玉の中に取り込《こ》まれました。

次に、パフは10匹《ぴき》の黄金《おうごん》ミミズと黄金果実《おうごんかじつ》の種《たね》が10個入った金色のしゃぼん玉を見すえると、ふうっと息《いき》を吐《は》きました。すると、その大きなしゃぼん玉はゆっくりと遠くに移動《いどう》し始め、やがて姿《すがた》が見えなくなったのです。

「パフ、しゃぼん玉、どこかに飛《と》んで行ってしまったけど大丈夫《だいじょうぶ》なの？」

ジェイクが心配《しんぱい》そうにパフを見つめました。

「ぼくたちの住みかに送ったんだ。あとは井戸《いど》の中にいる仲間《なかま》たちがうまくやってくれるはずさ」

「パフ、これであなたたちの求《もと》めているものはすべて手に入ったわね。約束《やくそく》通り、わたしたちを集《つど》いの牧場《まきば》に連《つ》れて行ってくれる？」

ナンシーがたずねました。

「もちろんだよ。君たちのおかげで、ぼくたちの一族《いちぞく》は救《すく》われたんだ。もう食料《しょくりょう》不足に悩《なや》む必要《ひつよう》はなくなったわけだからね。しかも、魔女《まじょ》がぼくたちの一族《いちぞく》に黄金果実《おうごんかじつ》を食べるのを許可《きょか》したことがわかったのもすごくありがたいことだよ。ぼくが責任《せきにん》を持って君たちを集《つど》いの牧場《まきば》に連《つ》れて行くから任《まか》せておいてね」

パフはこぶしを丸めて自分の胸《むね》をドンとたたきました。

「その前にわしとパフのツーショットを撮《と》るのを忘《わす》れんでくれな」

パーカーさんが、首から下げた高級《こうきゅう》そうなカメラをぼくたちにすっと差《さ》し出しました。

「わたしに撮《と》らせて！　わたし、写真《しゃしん》を撮《と》るのが得意《とくい》なの」

ステラはそう言うと、パフとパーカーさんに立ち位置《いち》やポーズなど細《こま》かい指示《しじ》を出しながら、パシャパシャと何枚も写真《しゃしん》を撮《と》りました。

写真撮影《しゃしんさつえい》が終わったパーカーさんは満足《まんぞく》そうな表情でぼくたちに感謝《かんしゃ》すると、ぼくたちにたずねました。

「君たちはこのまま集《つど》いの牧場《まきば》に直行するのかね？それとも、わしのコレクションの王冠《おうかん》を返《かえ》しにホワイトドラゴンのいる場所を訪《おとず》れるのかね？」

すると、仲間《なかま》たちはまるでぼくに判断《はんだん》を委《ゆだ》ねるかのように、ぼくの次の言動を待《ま》っているようでした。

「集《つど》いの牧場《まきば》にはぼくたちの次の遊具《ゆうぐ》が待《ま》っているはずだ。ぼくの考《かんが》えでは自分たちの楽《たの》しみよりも困《こま》っているユラナスを安心させることの方を優先《ゆうせん》すべきだと思うんだ。王冠《おうかん》も見つかったわけだしね」

ぼくの言葉を聞くと、仲間《なかま》たちは同調《どうちょう》するように力強くうなずきました。

「それはありがたい。では、いったんわしの屋敷《やしき》に戻《もど》り、王冠《おうかん》を持ってホワイトドランに会いに行こうじゃないか。黄金《おうごん》ミミズだけでなく、ホワイトドラゴンとも写真撮影《しゃしんさつえい》ができるだなんて、本当に楽《たの》しみじゃや。長生きしてよかった」

パーカーさんは嬉《うれ》しそうに歯を見せてにっこりとしました。

パーカーさんの屋敷《やしき》に戻《もど》ったぼくたちは、黄金《おうごん》ミミズ捕獲作戦《ほかくさくせん》の成功《せいこう》をウーパ茶を飲みながら祝い、パフを囲《かこ》いながらしばらく冒険談《ぼうけんだん》で盛《も》り上がりました。十分に休息《きゅうそく》を取ったぼくたちが、いざ王冠《おうかん》を持って空洞樹《くうどうじゅ》の洞窟《どうくつ》へ向《む》かうためにソファーから腰《こし》を上げたちょうどそのとき、屋敷《やしき》の玄関《げんかん》をドンドンとノックする音が聞こえてきたのです。

「おやおや、出かけようと思った矢先に来客とは、タイミングの悪《わる》いことじゃや」

パーカーさんはゆっくりと立ち上がり、玄関《げんかん》に向《む》かって歩き始めました。

「どなたかね？」

パーカーさんが玄関《げんかん》を開け、来客にそうたずねる声が、ぼくたちが待機《たいき》していたパーカーさんの私室に聞こえてきました。しかし、その後パーカーさんが一向《いっこう》に部屋《へや》に戻《もど》らず、来客との会話の声もまったくぼくたちの耳に届《とど》かなかったため、ぼくは何かおかしいと思い、様子を見るために廊下《ろうか》に出ました。

すると、パーカーさんが玄関《げんかん》手前の廊下《ろうか》で大の字になって仰向《あおむ》けに倒《たお》れていたのです。そして、玄関《げんかん》ではオレンジ色のとんがり帽子《ぼうし》をかぶった、顔《かお》が水色の背《せ》の低い少年が、にたにたと笑いながらぼくを見つめていました。

「お前がルークか。ウサギはどこだ？」

「君は誰《だれ》だい？なぜぼくの名前を知っているの？ウサギってアニーのこと？」

少年はぼくの質問《しつもん》を完全《かんぜん》に無視《むし》すると、瞬時《しゅんじ》にすっと姿《すがた》を消し、次の瞬間《しゅんかん》にぼくの背後《はいご》に姿《すがた》を現《あらわ》すと、薄気味《うすきみ》悪《わる》い笑《え》みを浮《う》かべながらパーカーさんの部屋《へや》へと向《む》かって行ったのです。

「待《ま》って！君、パーカーさんに何をしたの？」

ぼくが慌《あわ》てて少年を追いかけると、すでに部屋《へや》に入り込《こ》んだ少年はすぐにアニーを発見《はっけん》し、いつの間にか手に持っていた杖《つえ》を振《ふ》り上げ、アニーに向《む》かって思いきり振《ふ》り下ろしました。杖《つえ》から放《はな》たれた光線をまともに浴《あ》びたアニーは弱弱しい悲鳴《ひめい》を上げると、体の大きさがどんどん縮小《しゅくしょう》し、ぼくたちが持っていた他の動物たちのフィギュアのようになってしまったのです。

少年はフィギュアと化したアニーを杖《つえ》による吸引力《きゅういんりょく》で一気に引き寄《よ》せると、それを手につかみぼくたちに言い放《はな》ちました。

「ウサギを返《かえ》してほしければ、集《つど》いの牧場《まきば》に来な。おいらはお前たちをそこで待《ま》ってるからな。あと、ユラナスの王冠《おうかん》はもらっていくぜ。やつに返《かえ》されたらたまったもんじゃないからな。いいか、寄《よ》り道せずに集《つど》いの牧場《まきば》に来るんだ。遅《おそ》かったらウサギの命は保証《ほしょう》しないからな」

「な、何であんたがここにいるの？」

顔面蒼白《がんめんそうはく》のミラはそう言うと、魔法《まほう》の杖《つえ》を大きく振《ふ》り上げました。

しかし、その杖《つえ》を振《ふ》り下ろす間もなく、少年の姿《すがた》は棚《たな》の上の王冠《おうかん》とともに完全《かんぜん》に消えてなくなってしまったのです。

「ミラ、あの子と知り合いなの？アニーをフィギュアにしてさらっていくなんてひどいわ。しかも王冠《おうかん》まで持って行ってしまうだなんて」

ナンシーが涙《なみだ》をこらえながらミラに問い詰《つ》めました。

ミラは何も言わずに廊下《ろうか》に出ると、パーカーさんに向《む》かって杖《つえ》を振《ふ》り下ろしました。すると、気を失《うしな》っていたパーカーさんが意識《いしき》を取り戻《もど》し、むくっと起《お》き上がると、きょとんとした表情でぼくたちを見つめたのです。

「わしはいったいここで何をしておったんじゃろうか。来客が来て玄関《げんかん》を開けたところから記憶《きおく》が飛《と》んでしまったようじゃ。」

ぼくたちがたった今起《お》こった大惨事《さんじ》を伝《つた》えると、パーカーさんはがっくりとして、ソファーに腰《こし》を下ろしました。

「アニーが人形にされて、さらわれ、王冠《おうかん》まで盗《ぬす》まれただなんて。しばらくここで休ませておくれ」

パーカーさんはそう言うと、苦しそうに胸《むね》を押《お》さえながらソファーに横《よこ》になり、目をつぶりました。

「ミラ、いったいあの子は誰《だれ》なんだい？説明《せつめい》してくれないかな」

ぼくがナンシーと同じ質問《しつもん》を繰《く》り返《かえ》しました。

「あいつは上級魔法《まほう》使いのジェイスよ。すごく意地悪《いじわる》なひねくれ者で、いつも人の嫌《いや》がることばかりするの。あなたたち、ジェイスに目をつけられたとなると厄介《やっかい》よ。今のあなたたちに太刀《たち》打ちできる相手ではないもの」

ミラが、ため息《いき》をつきました。

「確《たし》かにさすがは上級魔法《まほう》使いだけあって、すごく手ごわそうな子だったよね。だからと言って、アニーを見殺《みごろ》しにはできないし、王冠《おうかん》だって何としても取り戻《もど》さなきゃいけないよ」

ぼくは言葉に力を込《こ》めて言いました。

「パフ、今すぐぼくたちを集《つど》いの牧場《まきば》に連《つ》れて行ってくれるかい？」

ディランがパフに真剣《しんけん》な眼差《まなざ》しを向《む》けました。

「もちろんだよ。ぼくだってアニーのことがすごく心配《しんぱい》だもの。すぐに出かけよう」

その後、ぼくたちは急《いそ》いで出発《しゅっぱつ》の準備《じゅんび》を整《ととの》えると、パーカーさんをソファーに残《のこ》したまま、はやる気持ちを押《お》さえて屋敷《やしき》の外に出ました。すると、玄関《げんかん》の外には、ぼくたちがこんなところで出会うとは思ってもみなかった人物が真剣《しんけん》な表情でぼくたちをじっと見つめていたのです。

第14話　再会

集《つど》いの牧場《まきば》へと急《いそ》ぐため、ぼくたちがパーカーさんの屋敷《やしき》を出ると、何とぼくたちの目の前には魔女《まじょ》に呼《よ》ばれて一時的にぼくたちの元を離《はな》れていたキーシャが立っていたのです。キーシャの表情は険《けわ》しく、空の滝《たき》へとぼくたちを案内《あんない》していたときとは著《いちじる》しく異《こと》なっていました。

「キーシャ。戻《もど》って来たんだね」

ぼくはキーシャに歩み寄《よ》ると、これまでの経緯《けいい》を説明《せつめい》するために、大きく息《いき》を吸《す》い込《こ》みました。

「何も言わなくてもいいわ。私と別《わか》れてからのあなたたちの行動は、すべて魔女《まじょ》の水晶《すいしょう》で見させてもらっていたの。ジェイスは明らかにあなたたちの行動を邪魔《じゃま》しようとしているわ。集《つど》いの牧場《まきば》へ行けば、あなたたちはきっとジェイスにひどい目に遭《あ》わされるでしょうね。だから、いくら彼が挑発《ちょうはつ》したからといって、今すぐ集《つど》いの牧場《まきば》に向《む》かったらだめよ。きちんと準備《じゅんび》が必要《ひつよう》だわ」

「でも、わたしたちが着《つ》くのが遅《おそ》かったら、アニーの命は保証《ほしょう》しないって言ってたわ」

疲《つか》れ切った様子のナンシーは、恐怖心《きょうふ》からか、わずかに肩《かた》を震《ふる》わせていました。

「本気にしなくても大丈夫《だいじょうぶ》よ。ジェイスはあなたたちが来るまでアニーには何もしないわ。アニーをさらったのは、あなたたちを確実《かくじつ》におびき寄《よ》せるためなんだから」

「なんて、嫌《いや》なやつなんだろう。ぼくたち別《べつ》に何もしていないのに」

ジェイクが悔《くや》しそうに両手のこぶしをぎゅっと握《にぎ》り締《し》めました。

「キーシャ、準備《じゅんび》が必要《ひつよう》ってどういうこと？ジェイスに対抗《たいこう》する方法があるとでも言うの？」

ステラが興味深《きょうみぶか》げにたずねました。

「あなたたちが知っている通り、私は魔女《まじょ》に呼《よ》び出されたために、しばらくあなたたちの元を離《はな》れていたの。本来、マジックパークでのミラの仕事は至福《しふく》のブランコの案内《あんない》だから、あなたには負担をかけてしまったわね、ミラ。ここからは私が案内《あんない》を再開《さいかい》するから、あなたはもう帰って大丈夫《だいじょうぶ》よ。お仕事ご苦労様」

キーシャがいたわるように、ミラの背中《せなか》をトンとたたきました。そしてさらに続《つづ》けて話したのです。

「話を元に戻《もど》すけれども、魔女《まじょ》はジェイスの動きにいち早く気づいて、私を呼《よ》び戻《もど》したの。魔女《まじょ》によると、ジェイスの行動は単独《たんどく》ではなく、背後《はいご》で別《べつ》の魔法《まほう》使いが指示《しじ》を出しているとのことだったわ。それが誰《だれ》なのかは、まだ特定《とくてい》できていないみたいだけれど。そして、あなたたちの行動を邪魔《じゃま》する真の目的も不明とのことだったわ」

「背後《はいご》にいる魔法《まほう》使いって、大人の魔法《まほう》使いかな。なんだか恐《おそ》ろしくなってきたよ」

ジェイクが歯をガチガチと鳴《な》らしました。

「魔女《まじょ》はジェイスの得体《えたい》のしれない行動をすごく警戒《けいかい》しているの。だから、あなたたちを積極的《せっきょくてき》に援助《えんじょ》したいと言っていたわ。魔女《まじょ》の希望としては、あなたたちのうち、誰《だれ》か一人を上級魔法《まほう》使いに仕立て上げたいとのことだったわ。選《えら》ばれた人物は私がマンツーマンで特訓《とっくん》することになるから、いったん仲間《なかま》たちの元を離《はな》れることになるけど、いいわね。その間に、残《のこ》ったグループは、集《つど》いの牧場《まきば》を機能《きのう》させるための下準備《じゅんび》を進めておいてほしいの」

「集《つど》いの牧場《まきば》を機能《きのう》させるための下準備《じゅんび》？　何のことだかさっぱりわからないよ」

混乱《こんらん》したぼくは思わず両手を広げて、キーシャの説明不足《せつめい》をアピールしました。

「集《つど》いの牧場《まきば》を機能《きのう》させるためには、まず牧場《まきば》に、必要《ひつよう》な動物のフィギュアを全部そろえて持って行く必要《ひつよう》があるわ。魔女《まじょ》の水晶《すいしょう》で観察《かんさつ》していたけれど、あなたたちは今、黒羊《ひつじ》、白ヤギ、乳牛《にゅうぎゅう》、そしてこげ茶色の馬《うま》のフィギュアを手に入れているわね。あと２つ、白ウサギとめんどりのフィギュアを集《あつ》めなさい。もう気づいたかもしれないけれど、白ウサギのフィギュアはアニーのフィギュアを指《さ》しているわ。それはジェイスを倒《たお》さない限《かぎ》り入手不可能《ふかのう》だから、集《つど》いの牧場《まきば》に到着《とうちゃく》したらするべき最後《さいご》のミッションと言えるわ。めんどりのフィギュアに関しては、おそらく『おもちゃの館《やかた》』と呼《よ》ばれる店の店主が情報《じょうほう》を持っているはずよ。後で行き方を説明《せつめい》するから、そこに行ってちょうだい。危険《きけん》な場所ではないから、ミラがいなくても平気だわ」

「キーシャ、わたし、上級魔法《まほう》使いになるわ。わたしをトレーニングしてちょうだい」

ナンシーが決意《けつい》に満《み》ちた表情で、一歩前に進み出ました。

「ナンシー、わたしもあなたが向《む》いているんじゃないかと思っていたの。わかったわ。厳《きび》しい訓練《くんれん》だけど、最後《さいご》まで頑張《がんば》ってちょうだいね」

キーシャはすっと右手を差《さ》し出すと、ナンシーの手をぎゅっと握《にぎ》りました。

「ナンシー、頼《たの》んだよ。ぼくたち、必《かなら》ずめんどりのフィギュアを見つけてみせるからね」

ディランが毅然《きぜん》とした表情でナンシーを見つめました。

「あなたたちがフィギュアを見つけて集《つど》いの牧場《まきば》のふもとに着《つ》くころまでに、私もナンシーのトレーニングを終えて合流するわね。彼女はセンスがありそうだから、きっと早く必要《ひつよう》な技術を身につけられると思うわ」

「キーシャ、急《いそ》いでいるところ申《もう》し訳《わけ》ないんだけど、カイルについて知っていることを教えてもらえないかな？」

ぼくはつばを飲み込《こ》むと、キーシャの反応《はんのう》を待《ま》ちました。

「海岸で、カイルが魔法《まほう》の壺《つぼ》に吸収《きゅうしゅう》されたときは、正直私も驚《おどろ》いたわ。集《あつ》まった人々を心配《しんぱい》させたくなかったから、カイルの安全は保障《ほしょう》されるって言ってしまったけれど、あまりにも想定外の出来事だったから、魔女《まじょ》の説明《せつめい》を聞くまでは、私にもいったい何が起《お》こったのかよくわからなかったの。ただ、魔女《まじょ》の説明《せつめい》によると、魔法《まほう》の壺《つぼ》が違反《いはん》を検知《けんち》して、カイルを拘束《こうそく》したとのことだったわ。どんな違反《いはん》だったのかは現在《げんざい》、調査《ちょうさ》中とのことよ。そして、カイルの居場所《いばしょ》については、魔女《まじょ》は触《ふ》れていなかったわ。今私にわかることはこれくらいだけれども、また新たな情報《じょうほう》が入り次第《しだい》、あなたたちに伝《つた》えるわね」

違反《いはん》という言葉を聞いたとき、ぼくはカイルがいったいどんな不正を働いたのかすごく気になりました。ぼくはカイルの事はほとんど何も知らないけれど、彼は実際悪《じっさいわる》い人物なんだろうか。それとも、そもそもすべては何かの勘違《かんちが》いだったのだろうか。そして、てんとう虫のトンネルでぼくたちにメッセージを送った人物はいったい誰《だれ》だったのだろうか。ぼくの頭《あたま》の中で、様々な思いが心を駆《か》け巡《めぐ》ったのです。

その後ぼくたちは、ミラに今までの事を感謝《かんしゃ》し、彼女に別《わか》れを告《つ》げました。ミラによると、魔女《まじょ》から依頼《いらい》があれば、またぼくたちが再会する可能性《かのうせい》はあるとのことでした。それを聞いたぼくは内心ほっとしました。

パフは、一族《いちぞく》にこれまでの出来事を報告《ほうこく》するためにいったん井戸《いど》に戻《もど》ることに決めました。ただし、ぼくたちが集《つど》いの牧場《まきば》へ行く準備《じゅんび》が完全《かんぜん》に整《ととの》った際は、再度協力《きょうりょく》してくれるという約束《やくそく》をしてくれたのです。そして、とかげのレニーも家族《かぞく》が心配《しんぱい》するということで、ぼくたちに別《わか》れを告《つ》げ、自分の巣《す》へと戻《もど》って行きました。

さらに、ナンシーはキーシャに連《つ》れられ、上級魔法《まほう》使いになるための訓練《くんれん》を受《う》けるために、キーシャが唱《とな》えたマーカにより、どこかへ行ってしまいました。一方、キーシャから『おもちゃの館《やかた》』の場所を聞いたぼくたちは、めんどりのフィギュアに関する情報《じょうほう》を入手するために、さっそくパーカーさんの屋敷《やしき》から徒歩《とほ》での移動《いどう》を開始したのです。

キーシャによると、『おもちゃの館《やかた》』は豊穣《ほうじょう》の大地を抜《ぬ》けたところにある村落《そんらく》内に位置《いち》し、アシュトンという名の大邸宅《ていたく》の持ち主が自宅を開放《かいほう》し、趣味《しゅみ》で始めた玩具《がんぐ》店であるとのことでした。ぼくの好奇心《こうきしん》は、その店の名前を初《はじ》めて聞いたときからどんどん膨《ふく》れ上がり、店に入るのが楽《たの》しみであると同時に、仕方《しかた》がないこととはいえ、ナンシーがそこに一緒《いっしょ》に行けないことが残念《ざんねん》でもありました。

しばらくすると、えんえんと続《つづ》く水田や畑に囲《かこ》まれた農道《のうどう》を歩き続《つづ》けたぼくたちの視界《しかい》に、村落《そんらく》らしきものが入ってきました。そして、複数《ふくすう》の住宅や商店が集《あつ》まる村の中に、ぼくたちはひときわ目立った大邸宅《ていたく》を遠くに発見《はっけん》したのです。

「あれが、『おもちゃの館《やかた》』だわ。ほら、看板《かんばん》が出てるもの」

ステラが、村の入り口付近《ふきん》に建《た》てられた看板《かんばん》を指《ゆび》さしました。そこには「おもちゃの館《やかた》、500メートル先」と書かれた文字に加《くわ》え、先ほどぼくたちがはるか前方に発見《はっけん》した大邸宅《ていたく》の絵が描《えが》かれていたのです。

大邸宅《ていたく》にたどり着《つ》くまでに、ぼくたちは青果《せいか》店で買い物をする人々、そして外で走り回る数人の子供たちを目撃《もくげき》しました。そのうちの一人の男の子が、魔法《まほう》使いの人形を手に持ち、周囲《しゅうい》の子供たちに自慢《じまん》げに話す声が聞こえてきました。

「この人形を見てみな。これ、アシュトンさんの『おもちゃの館《やかた》』で手に入れたんだぜ」

男の子はそう言うと、人形の背中《せなか》についているスイッチをオンにし、それを地面に横《よこ》たえました。すると、人形はむくりと起《お》き上がり、ほうきにまたがると、空に浮《う》かび上がり、円を描《えが》くように子供たちの周囲《しゅうい》をすいすいと飛《と》び回り始めたのです。そして、男の子が手のひらを差《さ》し出すと、人形はその上にすっと着地《ちゃくち》し、深々《ふかぶか》とお辞儀《じぎ》をしたのです。

「わーっ！」

周囲《しゅうい》の子供たちは大喜《よろこ》びで、一斉《いっせい》にパチパチと拍手《はくしゅ》をしました。

「『おもちゃの館《やかた》』ってすごいおもちゃを扱《あつか》ってるんだね。わあ、楽《たの》しみだなあ」

ジェイクが目を輝《かがや》かせて子供たちの様子を見つめました。ぼくは同調《どうちょう》するようにジェイクにうなずきました。期待《きたい》に胸《むね》を膨《ふく》らませたぼくたちがさらに数百メートルほど移動《いどう》すると、ついにぼくたちは目指《めざ》していた大邸宅《ていたく》の門《もん》までたどり着《つ》くことができたのです。

邸宅《ていたく》の手前に位置《いち》する黒い門《もん》は固《かた》く閉《と》ざされていたため、ぼくは営業《えいぎょう》していないのではないかと不安《ふあん》になりました。しかし、ぼくたちがお互《たが》いに顔《かお》を見合わせていると、突然門《とつぜんもん》から機械《きかい》的な音声が流れてきたのです。

「おもちゃの館《やかた》へようこそ。当館《とうかん》に入場のお客様は、その理由をお聞かせください。」

「ぼくたち、集《つど》いの牧場《まきば》に行くために、めんどりのフィギュアを探《さが》してるんです。どこにあるか情報《じょうほう》を教えていただくためにここに来ました」

ぼくは普段《ふだん》よりも少し大きめの声で、はっきりとした口調《くちょう》で答《こた》えました。すると、ガチャッという音とともに門《もん》が左右に少しずつ開いていったのです。

「どうぞ、奥《おく》の館《やかた》にお入りください。ただし、館内《かんない》での撮影《さつえい》はご遠慮《えんりょ》いただいておりますので、テレビ局の方は外でお待《ま》ちください」

「仕方《しかた》がないわね。ルーク、私たちはここで待機《たいき》しているわ」

LBCのナタリーはそう言うと、門《もん》の外で視聴者《しちょうしゃ》に向《む》けて実況中継《じっきょうちゅうけい》を始めました。

ぎしぎしと音を立てながらゆっくりと動いていた門《もん》が完全《かんぜん》に開くと、再《ふたた》び自動音声が流れました。ぼくたちはその音声案内《あんない》に従《したが》い、大邸宅《ていたく》の敷地《しきち》内に足を踏《ふ》み入れ、奥《おく》にある館《やかた》へと移動《いどう》しました。

ぼくたちが館《やかた》の玄関《げんかん》の前に立つと、引き戸の扉《とびら》がガラガラと音を立てながら自動で開いていきました。そして、ぼくたちが館内《かんない》に入ると、派手《はで》な格好《かっこう》をしたピエロがぼくたちを出迎《むか》えたのです。

「ようこそ、お客様。ここはおもちゃの館《やかた》でございます。ここではみなさまがご希望のどんなおもちゃでも魔法《まほう》の力で呼《よ》び寄《よ》せることができるのです。ただし、それはみなさまが、私どもが用意《ようい》したゲームをクリアした場合のみの話でございます。もし、ゲームをクリアできなかった場合には、私がみなさまをおもちゃに変《か》え、館内《かんない》にオブジェとして展示《てんじ》いたしますので、あらかじめご了承くださいませ」

　ピエロはそう言うと、大きく口を開き歯を見せて笑顔《えがお》を作りました。ぼくはその笑顔《えがお》があまりにも不気味《ぶきみ》で、背筋《せすじ》が凍《こお》りつきそうになりました。

「キーシャは、ここは安全な場所だからミラがいなくても大丈夫《だいじょうぶ》だって言ってたけど、本当は恐《おそ》ろしく危険《きけん》な場所なんじゃないかな」

　ディランが不安《ふあん》そうな表情を浮《う》かべました。

「仮にゲームをクリアできなかったとして、おもちゃにして展示《てんじ》された場合、それっていったいどれくらいの期間《きかん》なの？」

　敵対心《てきたいしん》をむき出しにしたステラが、ピエロをにらみつけました。

「それは、別《べつ》のお客様がみなさまを元に戻《もど》すことを希望され、私どもが用意《ようい》したゲームをクリアするまでございます」

　ピエロはステラにウィンクすると、今度は口が裂《さ》けるほどの笑顔《えがお》を作りました。

「ちょっと怖《こわ》いけど、万が一ぼくたちが失敗《しっぱい》したとしても、きっと上級魔法《まほう》使いになったナンシーがぼくたちを助《たす》けてくれるさ。どちらにせよ、このまま引き下がっても先には進めないわけだしね。覚悟《かくご》を決めてゲームに挑戦《ちょうせん》しよう」

　ぼくは決意《けつい》に満《み》ちた目で、３人の仲間《なかま》たちを見つめました。すると、３人とも意《い》を決《けっ》したように、こくりとうなずき、ぼくの提案《ていあん》に同調《どうちょう》してくれたのです。

第15話　館のゲーム

　安全な場所であるというキーシャの言葉とは裏腹《うらはら》に、ぼくにとって『おもちゃの館《やかた》』は、危険《きけん》な匂《にお》いをぷんぷんと漂《ただよ》わせる非常に恐《おそ》ろしい場所のように思えました。失敗《しっぱい》したらおもちゃにされ、館内《かんない》に展示《てんじ》されてしまうという、ピエロが提示《ていじ》した信《しん》じがたいような条件《じょうけん》の中で、ここで引くわけにもいかないぼくたちは、あえてそのゲームに挑戦《ちょうせん》することにしたのです。

「それでは、お客様、ゲームに挑戦《ちょうせん》されるということで、お間違《まちが》いありませんね。では、こちらへどうぞ」

　真っ赤な口紅で覆《おお》われたピエロの唇《くちびる》が、笑顔《えがお》によって左右に大きく伸《の》びました。それは眠《ねむ》るたびに夢に出てきそうなほど強烈《きょうれつ》で、ぼくは思わずピエロから目をそむけました。

　ピエロに案内《あんない》されたぼくたちは、玄関《げんかん》を入ってすぐ左手にある部屋《へや》の中へと誘導《ゆうどう》されました。室内にはたくさんのおもちゃが展示《てんじ》されているものとばかり思いこんでいたぼくは、がらんとした無機質《むきしつ》な部屋《へや》の様子に驚《おどろ》きを隠《かく》せませんでした。というのも、部屋《へや》の中には、中央に水色の壺《つぼ》が載《の》った四角い台があるのみだったからです。

「改《あらた》めて自己紹介させていただきます。私の名はロレンゾ。この館《やかた》の支配人《しはいにん》でございます。さあ、お客様、ただいまよりゲームを開始いたしますよ。ルールを説明《せつめい》いたしますので、よく聞いてくださいね。お客様にはこれより、私どもが用意《ようい》した仮想《かそう》世界へと移動《いどう》していただきます。その世界で様々な試練《しれん》を乗《の》り越《こ》えながら、最終的《さいしゅう》にみなさまの求《もと》めるめんどりのフィギュアを入手することがみなさまのミッションです。制限《せいげん》時間は6時間。それまでにめんどりのフィギュアを入手できなかった場合、又《また》はゲームの世界でみなさまが全滅《ぜんめつ》してしまった場合は、みなさまの敗北《はいぼく》となり、先ほどの約束《やくそく》通り、当館《とうかん》にておもちゃとして展示《てんじ》されますのでご了承ください。ただし、6時間以内にめんどりのフィギュアを手に入れることができればみなさまの勝ちです。お客様が勝利《しょうり》を収《おさ》めた場合には、ただめんどりのフィギュアを入手できるばかりでなく、みなさまがゲームの世界で手に入れた能力《のうりょく》、そして道具などが現実《げんじつ》の世界でも引き続《つづ》きご使用できるようになります。ふふ、楽《たの》しみでございますね。どうぞ、ゲームの世界をご堪能《たんのう》くださいませ」

「たしかキーシャは、おもちゃの館《やかた》の支配人《しはいにん》はアシュトンという名前だと言っていた気がするんだけどなあ」

ぼくがいぶかしげに支配人《しはいにん》と自称《じしょう》するロレンゾという名のピエロを凝視《ぎょうし》すると、ピエロはぼくの言葉を完全《かんぜん》に無視《むし》して、台の上に置《お》かれた水色の壺《つぼ》をゆっくりと手に取りました。そして、それをしばらく愛《いと》おしそうに眺《なが》めると、さっと目を上げ、ぼくたちを凝視《ぎょうし》したのです。すると、不思議《ふしぎ》なことにぼくはまるで金縛《かなしば》りにでもあったかのように、自《みずか》らの意志《いし》でピエロから視線《しせん》をそらすことができなくなってしまいました。ピエロの両目の目玉は、らせんを描《えが》くかのように徐々《じょじょ》に速度《そくど》を増《ま》しながらくるくると回転《かいてん》し、やがてピタっと止まったかと思うと、急《きゅう》に太陽のようにピカッとまぶしく輝《かがや》いたのです。そのとてつもないまぶしさに、ぼくは完全《かんぜん》に視界《しかい》を失《うしな》い、思わず目をつぶってしまいました。そして、10秒ほどが経過《けいか》し、おそるおそる目を開けると、なんとぼくたちは先ほどの部屋《へや》とはまったく別《べつ》の異空間《いくうかん》へと移動《いどう》していたのです。

「ここは、さっきの部屋《へや》の中ではないわ。わたしたち、いつの間にかゲームの世界の中に入り込《こ》んだのね」

ステラがきょろきょろと周りを見回しました。

「ロレンゾもいなくなってるね。それにしてもなんて幻想《げんそう》的な世界なんだろう。ぼく、こんな場所にならば永住したいくらいだよ」

ジェイクは周囲《しゅうい》の風景《ふうけい》に見入っている様子でした。

ジェイクの言う通り、ぼくたちが入り込《こ》んだ異世界《いせかい》では、どこからともなく明るいバックグランウドミュージックが流れ、ぼくたちの気分を高揚《こうよう》させました。さらに、周囲《しゅうい》の風景《ふうけい》は建物《たてもの》や木々、道路など、何から何までがおもちゃでできており、ぼくたちを幸《しあわ》せな気分で一杯《いっぱい》にしたのです。

「ねえ、あそこに階段《かいだん》があるよ。しかもてっぺんに何かがふわふわと浮《う》いている。何かな?ちょっと行ってみようよ」

ぼくは、ぼくたちの斜《なな》め右側に12段《だん》ほどの階段《かいだん》があるのを見つけました。それは公園の小山のように、上《のぼ》るとほんの少しだけ平地部分があり、すぐ反対側にまた別《べつ》の階段《かいだん》がある、台形のような形をしていました。てっぺんに浮遊《ふゆう》する半透明《はんとうめい》の物体がとても気になったぼくは、仲間《なかま》たちを引き連《つ》れてさっそくその階段《かいだん》を上《のぼ》ることにしたのです。

階段《かいだん》を上《のぼ》り切ったぼくたちは、改《あらた》めて頭上《ずじょう》に浮遊《ふゆう》するふわふわとした物体をじっと眺《なが》めました。それは、黄色いギザギザの形をしていて、ぼくには見ただけでは、それが何なのかさっぱりわかりませんでした。

「ジャンプしたら届《とど》くかも。触《さわ》ってみよう。えいっ！」

ぼくは、ひざを曲《ま》げると思いっきり上方にジャンプし、右手を大きく伸《の》ばしました。ぼくの手のひらがその物体に触《ふ》れると、それはシュッと音を立て、ぼくの手のひらの中に吸収《きゅうしゅう》され、消えてなくなってしまったのです。ぼくは思わず自分の手のひらをじっと見つめました。

「結局《けっきょく》あれは、何だったんだろう。意味《いみ》がわからないや」

ぼくは両肩《かた》を浮《う》かせると、仲間《なかま》たちに合図《あいず》して、今度は反対側の階段《かいだん》を下《お》り始めました。

「ねえ、あそこに細長《ほそなが》い塔《とう》みたいなのがあるわ。あそこに入ってみましょうよ」

ステラが、ブリキで作られた大きな塔《とう》を指《ゆび》さしました。好奇心《こうきしん》を抱《いだ》いたぼくたちは、ステラの提案《ていあん》に同調《どうちょう》し、そのまま塔《とう》の入り口に向《む》かって急《いそ》ぎ足で進み続《つづ》けたのです。

すると、ぼくたちが塔《とう》の入り口の手前50メートルほどの位置《いち》まで到達《とうたつ》したとき、突然塔《とつぜんとう》の扉《とびら》がバタンと勢《いきお》いよく開き、中から身長１００センチメートルくらいの高さの５人のおもちゃの兵隊《へいたい》が、行進しながらぼくたちに向《む》かって歩み寄《よ》ってきました。そして、先頭《せんとう》の兵隊《へいたい》がピーッと笛《ふえ》を吹《ふ》くと、兵隊《へいたい》たちは、さっと横並《よこなら》びの配置を取り、ゆっくりと銃《じゅう》を構《かま》えると、ぼくたちにその銃口《じゅうこう》を向《む》けたのです。

「なまりの兵隊《へいたい》だ。いくらおもちゃとは言え、何もしていない人に銃《じゅう》を向《む》けるなんて、なんてマナーがないんだろう」

ディランが警戒心《けいかいしん》をあらわにして、兵隊《へいたい》たちをにらみつけました。すると、先ほど笛《ふえ》を吹《ふ》いたリーダーらしき兵隊《へいたい》が、腰《こし》に下げていた警棒《けいぼう》を振《ふ》り上げ、キーッという甲高《かんだか》い声を出しながら、それを振《ふ》り下ろしたのです。その合図《あいず》とともに、4人の兵隊《へいたい》が一斉《いっせい》にぼくたちに向《む》けて銃《じゅう》を発砲《はっぽう》しました。

パンッという乾《かわ》いた音が響《ひび》いたとたん、ジェイクがうめき声を上げて、左肩《かた》を押《お》さえました。

「ううっ」

驚《おどろ》いたぼくが左隣《ひだりどなり》にいるジェイクを見ると、ジェイクは左腕《うで》をだらりと下げて、苦痛《くつう》にゆがんだ表情を浮《う》かべていました。そして、ジェイクの足元には、ビー玉くらいのサイズの木の銃弾《じゅうだん》が落下《らっか》し、ころころと転がると、やがてぴたりと動かなくなりました。

「ジェイク、大丈夫《だいじょうぶ》？」

ぼくはジェイクのシャツの首の辺りの部分を左側にずらし、肩《かた》の様子を確認《かくにん》しました。すると、ジェイクの肩《かた》は痛々《いたいた》しいほど真っ赤に腫《は》れあがっていたのです。

「肩《かた》がすごく痛《いた》むんだ。腕《うで》もうまく上げることができないくらいだよ」

ジェイクが苦痛《くつう》に顔《かお》をゆがめました。

「ジェイク、桃色バチのはちみつキャンディーをなめなさい。このままじゃ、なまりの兵隊《へいたい》に対抗《たいこう》できないわ」

ステラが、ジェイクにキャンディーを手渡《わた》しました。ジェイクは感謝《かんしゃ》を示すようににっこりすると、それをすぐに口の中に入れました。

すると、傷《きず》が瞬時《しゅんじ》に癒《い》えたためか、ジェイクは集中《しゅうちゅう》力を取り戻《もど》し、なまりの兵隊《へいたい》たちをキッとにらみつけました。

「あんなのをくらったら、ゲームなんて続《つづ》けられなくなっちゃうよ。どうしよう。何としてもあいつらを倒《たお》さないと」

ジェイクは何かいい案《あん》はないかと、必死《ひっし》で模索《もさく》しているようでした。

「ねえ、いったん透明《とうめい》になりましょうよ。少なくともそうすれば銃弾《じゅうだん》がかわせるわ」

ステラが提案《ていあん》しました。

「それは、いい考《かんが》えだね。よし、そうしよう」

ぼくがそう言うと、ぼくたち全員はすぐさま透明《とうめい》になり、その場から姿《すがた》を消しました。その様子に驚《おどろ》いたなまりの兵隊《へいたい》たちは、しばらくの間きょろきょろと辺りを見回していましたが、やがて諦《あきら》めたかのように回れ右をすると、銃《じゅう》を下げて塔《とう》の入り口に向《む》かってゆっくりと戻《もど》り始めたのです。

すると突然《とつぜん》、ぼくの耳にカツカツと誰《だれ》かが走る音が聞こえてきました。音の正体はディランで、彼はいつの間にか、なまりの兵隊《へいたい》の背後《はいご》に移動《いどう》すると突然姿《とつぜんすがた》を現《あらわ》し、思いきり蹴《け》り飛《と》ばしたのです。そしてそのまますぐに透明《とうめい》に戻《もど》り、ぼくたちの視界《しかい》から姿《すがた》を消しました。

蹴《け》られたなまりの兵隊《へいたい》は、ガラガラと音を立てて地面に倒《たお》れると、そのまま壊《こわ》れたかのように動かなくなりました。残《のこ》った4人の兵隊《へいたい》は驚《おどろ》いたように振《ふ》り返《かえ》り、きょろきょろと周りを見回し始めました。すると、いつの間にか兵隊《へいたい》たちの側面《そくめん》に移動《いどう》したディランが再度姿《すがた》を現《あらわ》し、高々とジャンプすると空中から端《はし》っこにいる兵隊《へいたい》の腹部《ふくぶ》を強烈《きょうれつ》に蹴《け》りました。その勢《いきお》いに巻《ま》き込《こ》まれた他の3人のなまりの兵隊《へいたい》も、バランスを崩《くず》すと地面に倒《たお》れ、それによってすべての兵隊《へいたい》が動きを停止《ていし》したのです。

ぼくとジェイク、ステラはすぐさま透明状態《とうめいじょうたい》を解除《かいじょ》し、飛《と》び上がって勝利《しょうり》の歓声《かんせい》を上げました。すると、ディランがゆっくりと歩きながらぼくたちのそばまでやって来て、恥《は》ずかしそうに頭《あたま》をかきながらVサインをしたのです。

「ディラン、あなためちゃくちゃ強いのね。かっこよかったわ」

ステラが両手を組み合わせてディランを見つめました。

「ディラン、そのふわふわ浮《う》かんでるやつを見て」

ぼくは、なまりの兵隊《へいたい》たちが転がっている地面の上に浮《う》かび上がった半透明《はんとうめい》の物体を指《ゆび》さしました。

「力こぶしの形に似てるけど、いったい何だろうか」

ディランはそう言うと、その半透明《はんとうめい》の物体をつかみ取ろうとしました。すると、その物体は先ほどのぼくが取った黄色いギザギザマークと同様に、シュッと音を立てるとディランの手のひらに吸収《きゅうしゅう》されてしまったのです。

「ルーク、何だかぼく、体に力がみなぎってきたよ。あの力こぶしみたいなやつを触《さわ》ったからかなあ」

ディランはそう言うと、思いきり上にジャンプしました。すると驚《おどろ》いたことに、ディランの体は2メートルほども飛《と》び上がったのです。地面に着地《ちゃくち》したディランは驚《おどろ》きを隠《かく》せない様子で自分の足元を見つめると、今度は拳法《けんぽう》の稽古《けいこ》をするかのように、空気中にパンチやキックを繰《く》り出しました。

「やっぱりだ。ぼく、あの力こぶしの物体に触《さわ》ったら、今までよりもずっと強くなってしまったみたい。みんな、塔《とう》の中に急《いそ》ごう。ぼくが守ってあげるから心配《しんぱい》しないで」

ディランは自信満々《じしんまんまん》にそう言うと、先頭《せんとう》を切って塔《とう》の入り口へと歩み始めたのです。

第16話　サンダ

ディランの活躍《かつやく》により、なまりの兵隊《へいたい》たちを撃退《げきたい》したぼくたちは、おそるおそるブリキの塔《とう》の中に足を踏《ふ》み入れました。塔《とう》の中に入ったぼくは、内部の様子を見た途端《とたん》、それまで最大限《さいだいげん》に高めていた警戒心《けいかいしん》を、思わず解いてしまいました。というのも、円形の塔《とう》の内部には、まるでぼくたちが来るのを予期していたかのように4脚《きゃく》のイスが並《なら》べられていて、イスの前には舞台《ぶたい》用のステージが用意《ようい》されていたからです。そして、ステージの上にはクマやブタ、ニワトリや牛など、様々な動物のぬいぐるみが立っていて、それぞれが手に楽器《がっき》を持っていたのです

「ブリキの塔《とう》の演奏会《えんそう》へようこそ。どうぞお好きなお席《せき》におかけください。そして、ぼくたちの音楽演奏《おんがくえんそう》を心ゆくまでお楽《たの》しみください」

指揮棒《しきぼう》を持った茶色いクマのぬいぐるみがぺこりと挨拶《あいさつ》をしました。そして、ぼくたちが全員席《せき》に着《つ》いたのを確認《かくにん》すると、クマのぬいぐるみはぼくたちに背《せ》を向《む》け、両手を使って音楽《おんがく》の指揮《しき》を始めたのです。動物のぬいぐるみたちたちは、それぞれ弦楽器《げんがっき》や木管楽器《もっかんがっき》、金管楽器《きんかんがっき》、打楽器《だがっき》を指揮者《しきしゃ》の指示《しじ》に従《したが》い演奏《えんそう》し始めました。その完璧《かんぺき》で美しい音色《ねいろ》にぼくは鳥肌《とりはだ》が立ち、瞬《まばた》きをするのも忘《わす》れて演奏《えんそう》に見入ってしまいました。

ぬいぐるみたちのオーケストラは、のどかな牧場《まきば》を思わせるゆったりと平和的《へいわてき》な演奏《えんそう》から、楽《たの》しく陽気《ようき》な

音楽《おんがく》へと移行《いこう》し、その後激《はげ》しく心を揺《ゆ》さぶるメロディーを経《へ》て、最後《さいご》は静《しず》かでゆっくりとしたテンポへと移《うつ》っていきました。そして、すべての演奏《えんそう》が終了したとき、ぼくは感動《かんどう》のあまり、目から自然《しぜん》と涙《なみだ》があふれ出てきたのです。ぼくが仲間《なかま》たちの表情を伺《うかが》おうと首を左右にちらっと動かすと、やはりジェイクやステラ、デイランも同様に、目から涙《なみだ》を流していました。

コンサートホールはしばらく静寂《せいじゃく》が支配《しはい》し、ぼくたちがその余韻《よいん》に浸《ひた》っていると、クマのぬいぐるみはくるりと向《む》きを変《か》えてぼくたちの方を見つめ、ぺこりとお辞儀《じぎ》をしました。すると、オーケストラの動物たちも同様にぼくたちにお辞儀《じぎ》をしたのです。

感動《かんどう》したぼくが大きく拍手《はくしゅ》をしようと思ったちょうどそのとき、ぼくは異変《いへん》に気づきました。ぼくには、拍手《はくしゅ》をするために両手を持ち上げようとしても、うまく上げることができなかったのです。それどころか、体のどの部分も言うことを聞かず、どれだけ意志《いし》を働かせようとも、まったく動かすことができなくなっていました。

その様子をじっと見ていたクマのぬいぐるみは、一瞬《いっしゅん》後ろを振《ふ》り返《かえ》り、仲間《なかま》の動物たちにうなずくと、再《ふた》びぼくたちの方に向《む》き直りました。そしてゆっくりと口を開くと、無垢《むく》な声で「スランバ！」と叫《さけ》び、手に持った指揮棒《しきぼう》を振《ふ》り下《お》ろしました。すると、ぼくのまぶたは徐々《じょじょ》に重みを増《ま》し、そのまま深《ふか》い眠《ねむ》りに落《お》ちてしまったのです。

「ロレンゾ様、子供たちは全員捕《と》らえ、無事地下牢《ぶじちかろう》に投獄《とうごく》しました。ご安心ください」

ロレンゾ、そして地下牢《ちかろう》という言葉に反応《はんのう》したぼくは、突然眠《とつぜんねむ》りから覚《さ》め、徐々《じょじょ》に重たいまぶたを開きました。驚《おどろ》いたことに、ぼくたちはいつの間にか鍵《かぎ》のかかった牢獄《ろうごく》に閉《と》じ込《こ》められていたのです。ぼくの横《よこ》ではジェイク、ステラ、そしてディランがすやすやと寝息《ねいき》を立てて眠《ねむ》っていました。しかし、先ほどの声の主は、もはやどこにも見当《みあ》たらなかったのです。

ぼくは、慌《あわ》てて仲間《なかま》たちに声をかけ、体を揺《ゆ》さぶって彼らを起《お》こしました。そして、目覚《めざ》めた仲間《なかま》たちに、先ほどぼくが聞いた言葉を話して聞かせたのです。

「あのコンサート、感動的《かんどうてき》だったけど、音に人の体をマヒさせる魔力《まりょく》が込《こ》められていたのね。まんまとぬいぐるみたちの策略《さくりゃく》にひっかかってしまったわ」

ステラが悔《くや》しそうに両手のこぶしを握《にぎ》り締《し》めました。

「ここはきっと塔《とう》の中の地下牢《ちかろう》だね。カギもかかっているようだし、どうやって脱出《だっしゅつ》すればいいのかな」

ジェイクがカギのかかった牢屋《ろうや》の扉《とびら》をガタガタと揺《ゆ》らしました。

「ねえ、みんなあれを見て。ここにはぼくたち以外《いがい》にも誰《だれ》かがいるみたいだ。ほら、あの端《はし》っこのところ」

ディランが、ぼくたちが収容《しゅうよう》されている地下牢《ちかろう》の隅《すみ》っこを指《ゆび》さしました。ディランが指《ゆび》さすほうを見てみると、確《たし》かに牢屋《ろうや》の端《はし》には、気を失《うしな》った状態《じょうたい》でうずくまるように横《よこ》たわっている男性がいるのがわかりました。

「あの人、まだ生きているわ。呼吸《こきゅう》の音が聞こえるもの」

ステラはそう言うと、牢獄《ろうごく》の隅《すみ》まで移動《いどう》し、男性の肩《かた》を揺《ゆ》さぶって起《お》こそうとしました。すると、男性は弱弱しくまぶたを開き、ステラを見つめました。

「ああ、ここに投獄《とうごく》されてからもう何日目になるのだろうか。お腹《なか》が空《す》き、喉《のど》が渇《かわ》き、もう死んでしまいそうだ」

男性は立ち上がることもできず、床に体を横《よこ》たえたまま、小さな声でそうつぶやきました。

「わたしたち、桃色バチのはちみつキャンディーをあと2個持っていたわね。わたし、この人に1粒《つぶ》あげるわ。ルーク、この人に水筒《すいとう》の水をあげてちょうだい」

ぼくはステラに言われるままに、水筒《すいとう》を持って移動《いどう》すると、男性にそれを手渡《わた》しました。すると男性は嬉《うれ》しそうに目を輝《かがや》かせ、水をがぶがぶと音を立てて飲むと、ステラから受《う》け取ったキャンディーを口に含《ふく》みました。すると、それまで寝《ね》たきりだった男性はむくりと立ち上がり、ぼくたちに感謝《かんしゃ》を述《の》べたのです。

「君たちは私の命の恩人《おんじん》だ。本当にありがとう。もし迷惑《めいわく》でなければ、なぜ君たちがここに投獄《とうごく》されたのか話してもらえないかい？」

ぼくたちがおもちゃの館《やかた》に入ってからコンサートホールで演奏《えんそう》を聞くまでの経緯《けいい》を説明《せつめい》すると、男性は悔《くや》しさと怒《いか》りが混《ま》ざり合った表情を浮《う》かべました。

「やはり、君たちもロレンゾのゲームでここに連《つ》れてこられたんだな。あいつのことは絶対《ぜったい》に許《ゆる》すもんか」

「ロレンゾをご存じなんですか？彼はおもちゃの館《やかた》の支配人《しはいにん》なんでしょうか？ぼくたちおもちゃの館《やかた》は安全

な場所だって聞いてたから、正直、とても驚《おどろ》いているんです」

　ぼくは男性に不満の気持ちをさらけ出しました。

「ロレンゾがおもちゃの館《やかた》の支配人《しはいにん》だなんてとんでもない。館《やかた》の支配人《しはいにん》はこの私なんだから。私の名はアシュトン。子供たちを喜《よろこ》ばせるために自宅の一部を開放《かいほう》しておもちゃの館《やかた》を営んでいたのだが、数日前に、突然《とつぜん》オレンジ色の帽子《ぼうし》をかぶった、顔《かお》が水色の少年が、ロレンゾを引き連《つ》れて館《やかた》に押《お》しかけて来て、館《やかた》の営業権《えいぎょうけん》を譲《ゆず》るようにと脅《おど》してきたんだ。私がそれを断《ことわ》ると、ロレンゾは水色の壺《つぼ》を使って、私をこの仮想《かそう》世界に引きずり込《こ》んだんだ。そして、私はこの塔《とう》の入り口付近《ふきん》でなまりの兵隊《へいたい》たちに捕《と》らえられ、ここに投獄《とうごく》されたってわけだ」

　アシュトンさんは悔《くや》しそうに右腕《うで》を上げ、こぶしを堅《かた》く握《にぎ》り締《し》めました。

「ぼくがマーカを唱《とな》えるから、ここからみんなで脱出《だっしゅつ》しましょう。いったん塔《とう》の外に戻《もど》りませんか」

　ジェイクの名案《めいあん》を聞いたぼくは、いきなり気分が明るくなりました。

「君はマーカが使えるんだね。残念《ざんねん》だが、バーチャルの世界でマーカを使うことは不可能《ふかのう》だ。なぜなら、ここは水色の壺《つぼ》の中にある仮想《かそう》世界で、壺《つぼ》には強力な魔法《まほう》がかかってるからなんだ。たとえ仮想《かそう》世界内での移動《いどう》だったとしても、マーカの魔法《まほう》は無効《むこう》になってしまうんだよ」

　それを聞いたジェイクは、がっくりと肩《かた》を落《お》とすと、すがるような目でたずねました。

「アシュトンさん、ここから出る方法はあるんですか?」

「ああ。首にカギをぶら下げたブリキの犬が時々見回りにやって来るんだ。やつからカギを奪《うば》えばここから抜《ぬ》け出せるはずだ。君たち、ゲームの世界で何かアイテムを入手したかい？ ふわふわと空中に浮《う》かんでいる物体なのだが」

「ぼくは、黄色いギザギザのやつを取りました。あれが何なのか全然《ぜんぜん》わからないけど。ディランは力こぶしのやつを触《さわ》ったら強くなった感《かん》じがすると言っていました」

ぼくは、これまで入手した2つのアイテムについてアシュトンさんに説明《せつめい》しました。

「黄色い、ギザギザだって！それはサンダだ。とても強力な攻撃魔法《こうげきまほう》でこのバーチャル世界でもかなりレアな魔法《まほう》だよ。そんなのをいきなりゲットしただなんて、君は何て幸運《こううん》なんだ。いいかい、ルーク。ブリキの犬は必《かなら》ず近いうちにまた見回りに来るはずだ。やつを油断《ゆだん》させるために、ぼくたちは気を失《うしな》って眠《ねむ》っているふりをしよう。犬が来たら、ガチャガチャとカギの音がするからすぐにわかるはずだ。ルーク、やつが来たら油断《ゆだん》をついてサンダで攻撃《こうげき》するんだ。サンダは雷魔法《かみなりまほう》だから、ブリキの犬なんて一瞬《いっしゅん》で倒《たお》せるはずだ。いいね」

「でも、ぼくサンダの使い方がわからないんです」

ぼくは困惑《こんわく》の表情を浮《う》かべて、アシュトンさんを見つめました。

「大丈夫《だいじょうぶ》。君はアイテムを取った時点で、もうサンダを習得《しゅうとく》しているんだ。ルーク、魔法《まほう》の杖《つえ》は持っているかい？」

「持っていません。サンダを使うには魔法《まほう》の杖《つえ》が必要《ひつよう》なんですか？」

「魔法《まほう》の杖《つえ》があれば、サンダのような強力な魔法《まほう》を用いた場合でも、消費《しょうひ》される精神《せいしん》エネルギーを最低限《さいていげん》に抑《おさ》えられるんだ。杖《つえ》なしでも魔法《まほう》は使えるが、とてつもない疲労感《ひろうかん》に襲《おそ》われる可能性《かのうせい》がある。ちょっと子供には危険《きけん》かもしれないな……」

「でも、ぼくがサンダを使わないと、ここから出ることもできないし、ゲームにも負けてしまうことになってしまいます。やっぱりぼく、サンダを使ってみます」

「ねえ、ルーク。サンダを使って疲《つか》れたらすぐ、この薬草錠剤《やくそうじょうざい》を飲むといいわ。そうすればきっと精神力《せいしん》がすぐに回復《かいふく》できるもの」

ステラはそう言うと、ぼくに薬草錠剤《やくそうじょうざい》を1つぶ手渡《わた》しました。

「ありがとう、ステラ。これで安心してサンダが使えるね。アシュトンさん、サンダはどうやって使えばいいんですか?」

「そんなに、難《むずか》しいことじゃないよ。いいかい、犬の目を見て大声で『サンダ!』と叫《さけ》び、右手の人差《ひとさ》し指《ゆび》を振《ふ》り下ろすんだ。たったそれだけでいいんだ。できるね」

アシュトンさんがぼくの両肩《かた》をトンとたたきました。

「わかりました、アシュトンさん。ぼく、やってみます」

「ねえ、遠くからガチャガチャ鳴《な》る音が聞こえてくるわ。ブリキの犬が来たんじゃないかしら」

ステラが、声をひそめて言いました。アシュトンさんが首《くび》を縦《たて》に振《ふ》ると、ぼくたちは作戦《さくせん》通り、すぐに体を横《よこ》たえ目をつぶり、寝《ね》たふりをして、ブリキの犬がやって来るのを待《ま》ちました

ブリキの犬の足音と、首《くび》からかけているカギが鳴《な》る音は、混《ま》ざり合いながら徐々《じょじょ》に大きくなり、やがてぴ

たりと止まりました。そして、しばらく静寂《せいじゃく》が訪《おとず》れたかと思うと、ブリキの犬は突然《とつぜん》何かに向《む》かって言葉を発《はっ》したのです。

「ロレンゾ様。捕虜《ほりょ》どもは、まだ気を失《うしな》っています。ご安心ください。処刑《しょけい》は明朝《みょうちょう》でございますね。了解《りょうかい》いたしました」

ぼくは急《いそ》いで目を開き、音を立てずにそっと立ち上がると、ぼくたちに背《せ》を向《む》けながら無線機《むせんき》でロレンゾと会話している犬の背《せ》中を凝視《ぎょうし》して、大声で叫《さけ》びました。

「サンダ！」

すると、ぼくの右手の人差《ひとさ》し指《ゆび》から雷鳴《らいめい》とともに稲妻《いなずま》がほとばしり、光のような速さで犬の背中《せなか》に直撃《ちょくげき》しました。犬は悲鳴《ひめい》を上げると、瞬時《しゅんじ》に前のめりに倒《たお》れ、そのまま動かなくなったのです。

一方、サンダを使ったことでとてつもない疲労感《ひろうかん》に襲《おそ》われたぼくは、ふらつきながらもすぐにステラから受《う》け取った薬草錠剤《やくそうじょうざい》を服用《ふくよう》しました。すると、先ほどの耐《た》え難《がた》いほどの精神疲労《せいしんひろう》があっという間に消え失《う》せ、作戦《さくせん》が成功《せいこう》したことによる喜《よろこ》びがぼくの心を支配《しはい》したのです。

「やったぞ！」

アシュトンさんは、急《いそ》いで立ち上がると、牢獄《ろうごく》の門《もん》の付近《ふきん》まで走り、そこから腕《うで》を思いきり伸《の》ばすと、倒《たお》れたブリキの犬のしっぽをつかみ、自分の方へ引き寄《よ》せました。そして、犬の体を横《よこ》に向《む》けると、首《くび》にかかったカギの束を外《はず》し、門《もん》の中へ引き込《こ》んだのです。そして、門《もん》の色と同じ黒いカギを見つけ出すと、それを用いて牢《ろう》の開錠《かいじょう》を試《こころ》みました。アシュトンさんが、何度かガチャガチャとカギを動かすと、カチッと音が鳴《な》り、門《もん》はギーと音を立てて開きました。アシュトンさんはぼくたちの方を振《ふ》り向《む》きにっこりとほほ笑《え》むと、さっと前に向《む》き直り、牢屋《ろうや》の入り口から顔《かお》だけ出して左右の安全を確認《かくにん》して、先頭《せんとう》を切って牢《ろう》から外に出て行きました。そしてぼくたちも遅《おく》れまいとそれに続《つづ》いたのです。

第17話　知能の間

サンダの魔法《まほう》を使い、無事《ぶじ》に地下牢《ちかろう》から脱出《だっしゅつ》したぼくたちは、塔《とう》内の警備員《けいびいん》に注視《ちゅうし》しながらゆっくりと1階《かい》へと続《つづ》く階段《かいだん》に向《む》かいました。

「おそらくロレンゾは、最初《さいしょ》から君たちにめんどりのフィギュアを手渡《わた》すつもりなんてなかったんだ。きっとやつはこの塔《とう》のどこかしらに隠《かく》れているはずだ。いいかい、アイテムを集《あつ》めながら塔《とう》内のてっぺんを目指《めざ》そう。ロレンゾたちが私から盗《ぬす》み出した『取り寄《よ》せの水晶《すいしょう》』は塔《とう》の最上階《さいじょうかい》にあるはずだ。私が地下牢《ちかろう》に投獄《とうごく》された後、ブリキの犬が無線機《むせんき》で話しているのが聞こえたんだ」

「アシュトンさん、『取り寄《よ》せの水晶《すいしょう》』って何ですか？」

ディランが興味深《きょうみぶか》げにたずねました。

「取り寄《よ》せの水晶《すいしょう》は、私がおもちゃの館《やかた》を開業《かいぎょう》したときに、魔女《まじょ》から授《さず》かったありがたい水晶《すいしょう》だ。あれがあれば、この世界にあるどんなおもちゃでも取り寄《よ》せることが可能なんだ。つまり、君たちの求《もと》めているめんどりのフィギュアだって、取り寄《よ》せの水晶《すいしょう》を使えば簡単《かんたん》に入手できるってわけなんだ」

「素晴《すば》らしい水晶《すいしょう》ね。でも、1階《かい》にはオーケストラのぬいぐるみたちがいるわ。また、催眠術《さいみんじゅつ》をかけられたら大変《たいへん》なことになるわね。1階《かい》に行く前に何か作戦《さくせん》を考《かんが》える必要《ひつよう》があるわ」

ステラが階段《かいだん》の手前で立ち止まりました。

「透明《とうめい》になって、気づかれないように2階《かい》に向《む》かったらどうかな？でも、アシュトンさんは透明《とうめい》になれないからダメか」

ジェイクがため息《いき》をつきました。

「私にいい考《かんが》えがある。おそらくぬいぐるみのオーケストラ集団《しゅうだん》は、楽器の音を使った魔力《まりょく》を強みとしているはずだ。つまり、彼らの演奏《えんそう》を聞かなければ、彼らはただのぬいぐるみにすぎないってことだ。私がこの異世界《いせかい》に来て入手した唯一《ゆいいつ》のアイテムが『ハッシュ』という魔法《まほう》で、それを使えば5分間、その空間にいる誰《だれ》も声以外《いがい》の音を出すことができなくなるんだ。私がハッシュを用いるから、その後、ぬいぐるみたちをロープで縛《しば》り上げて、次の階《かい》に向《む》かうってのはどうだい？」

アシュトンさんの完璧《かんぺき》ともいえる作戦《さくせん》を、ぼくたちは全面的に支持《しじ》しました。

「でも、ぬいぐるみたちの武器《ぶき》は楽器《がっき》の出す音だけじゃなくて、あの指揮棒《しきぼう》にも魔力《まりょく》があるはずよ。あれを振《ふ》ったとたん、わたしたち、気を失《うしな》ったんだもの」

ステラが鋭《するど》い指摘《してき》をしました。

「じゃあ、ぼくたちは透明《とうめい》になって、クマのぬいぐるみから指揮棒《しきぼう》を奪《うば》おう。その間に、アシュトンさんがハッシュを唱《とな》えればいいいんじゃないかな」

ぼくの言葉に、仲間《なかま》たちから一斉《いっせい》に拍手《はくしゅ》が巻《ま》き起《お》こりました。こうして、ぼくたちは1階《かい》に向《む》け、意気揚々《いきようよう》と階段《かいだん》を一歩一歩慎重《しんちょう》に上がり始めたのです。1階《かい》に通じる階段《かいだん》の最後《さいご》の段《だん》に到達《とうたつ》したとき、ぼくは、右手で3本の指《ゆび》を立てて、仲間《なかま》たちに透明《とうめい》になる合図《あいず》を送りました。そして、そのまま1階《かい》のオーケストラホールに足を踏《ふ》み入れたのです。

動物のぬいぐるみたちは、ステージの上でまるで本物のぬいぐるみであるかのように、動かずにじっと横《よこ》たわっていました。透明《とうめい》になったぼくが観客席《かんきゃくせき》からその様子を眺《なが》めていると、突然《とつぜん》、指揮《しき》者のクマのぬいぐるみの手から指揮棒《しきぼう》がさっと奪《うば》われるのがわかりました。すると、それまで生気なく横《よこ》たわっていたぬいぐるみたちが次々と起《お》き上がり、警戒《けいかい》心をあらわにして、辺りをきょろきょろと眺《なが》めだしたのです。

そのとき、それまで階段《かいだん》の上部で隠《かく》れていたアシュトンさんがさっと講堂《こうどう》に現《あらわ》れました。

「ブリキの塔《とう》の演奏《えんそう》会へようこそ。どうぞお好きなお席《せき》におかけください。そして、ぼくたちの音楽演奏《おんがくえんそう》を心ゆくまでお楽《たの》しみください」

クマのぬいぐるみがアシュトンさんを席《せき》に着《つ》くようにうながしました。アシュトンさんは、言われるがままに中央の席《せき》に座《すわ》ると、さっと両手をかざして叫《さけ》び声を上げました。

「ハッシュ！」

「お客様、ただいまより演奏《えんそう》が始まります。どうかお静《しず》かにお願《ねが》いいたします」

クマのぬいぐるみは、たしなめるようにそう言うと、指揮棒《しきぼう》を失《うしな》ったまま両手で指揮《しき》を開始しました。

動物たちはそれぞれの楽器《がっき》を用いて演奏《えんそう》を始めましたが、ぼくたちの耳には何の音も聞こえてきませんでした。すると、ディランが突然《とつぜん》ステージの上のクマのぬいぐるみの右横《よこ》に姿《すがた》を現《あらわ》し、指揮棒《しきぼう》を演奏《えんそう》中の動物たちに向《む》かって大きく振《ふ》り下ろし、そのまま くるりと右を向《む》くと、今度は指揮《しき》者のクマの目の前で指揮棒《しきぼう》を振《ふ》り下ろしました。すると、人形たちは意識《いしき》を失《うしな》ったかのように、次々にドサッと倒《たお》れ、そのまま動かなくなったのです。

その様子を確認《かくにん》したジェイクは透明状態《とうめいじょうたい》を解除《かいじょ》し、かばんから急《いそ》いでロープを取り出すと、動物たちをまとめて、縛《しば》り上げました。すると突然《とつぜん》、ぬいぐるみたちの真上に、ふわふわと浮《う》かぶハートの形をした半透明《はんとうめい》の物体が現《あらわ》れたのです。

「これは、ヒーラの魔法《まほう》だ」

アシュトンさんが叫《さけ》びました。

「ステラ、君が取得《しゅとく》してくれるかい？」

ディランが言葉を発《はっ》すると、ステラはすぐに姿《すがた》を現《あらわ》し、ハート形の物体に手を差《さ》し伸《の》べました。すると、物体はステラの手のひらに吸収《きゅうしゅう》され、すっと消えたのです。

「さあ、このまま2階《かい》に進もう。『取り寄《よ》せの水晶《すいしょう》』は最上階《さいじょうかい》の5階《かい》にあるはずだ」

アシュトンさんに導《みちび》かれ、ぼくたちはホールを走り抜《ぬ》けると、2階《かい》への階段《かいだん》を上《のぼ》り始めました。あっという間に階段《かいだん》を上《のぼ》り切ったぼくは、2階《かい》の光景《こうけい》を見て、最大限《さいだいげん》に高めていた警戒《けいかい》心を思わず解《と》いてしまいました。

というのも、2階《かい》は無人で、床には様々な色の無数のブロックが散《ち》らばっているのみだったからです。

「ここには誰《だれ》もいないようだ。よし、このまま3階《かい》を目指《めざ》そう」

アシュトンさんはぼくたちに合図《あいず》すると、そのまま3階《かい》の階段《かいだん》を目指《めざ》して駆《か》け出しました。しかし、階段《かいだん》が位置《いち》すると思われる場所の前には大きな鉄《てつ》の扉《とびら》があり、しっかりと施錠《せじょう》されていたのです。

「カギがかかっていてこれ以上先に進めないわ。どうしたらいいのかしら」

ステラがカギを探《さが》すかのように、床の上をざっと見渡《わた》しました。すると突然《とつぜん》、天井《てんじょう》から機械《きかい》的な音声が響《ひび》き渡《わた》ったのです。

「『知能の間』へようこそ。ご覧《らん》の通り、このフロアにはたくさんのブロックが散《ち》らばっていますね。今からみなさんはこのブロックを余《あま》らないようにすべて用いて、ある作品を作り上げてもらいます。やり方は簡単《かんたん》です。みなさまがブロックを1つ持ち上げると、そのブロックの接合《せつごう》部分が光り輝《かがや》きます。そして、そのブロックと組み合わさるブロックの接《せっ》合部分も同様に同じ色で輝《かがや》くのです。このようにして、すべてのブロックを組み合わせると、ある作品が完成します。10分以内に正しく作品を完成できた場合、みなさんは上の階《かい》に進む資格《しかく》が得《え》られます。ただし、正しく作品を完成できなかった場合、みなさんのゲームはここで終了となり、約束《やくそく》通り当面の間、おもちゃの館《やかた》のオブジェとなっていただきます。それではみなさんの健闘《けんとう》をお祈《いの》りいたします」

音声案内《あんない》が途切《とぎ》れると、フロアにはゲームセンター内のような電子《でんし》音が流れ始めました。そして、天井《てんじょう》には制限《せいげん》時間を示す10という数字が大きく映《うつ》し出されたのです。

突然《とつぜん》始まったゲームにあせったぼくは、試《ため》しに目の前に落《お》ちている白いブロックを1つ拾《ひろ》い上げてみました。すると、ブロックの上面の一部が青白く光り輝《かがや》いたのです。ぼくは部屋《へや》の中を歩き回りながら同じ色の光を発《はっ》しているブロックを見つけると、それを急《いそ》いで拾《ひろ》い上げ、2つのブロックを組み合わせました。

その様子を眺《なが》めていた仲間《なかま》たちも、ふと我《われ》に返《かえ》ったように、ブロックを1つ拾《ひろ》い上げ、そのブロックが発《はっ》する光の色と面積を頼《たよ》りに、次々とブロックを拾《ひろ》いながら作品を組み立てていき始めました。こうして、ぼくたちは、時間の事も忘《わす》れて、無我夢中《むがむちゅう》でブロックの組み立てに没頭《ぼっとう》しました。

やがて、部屋《へや》の中に散《ち》らばるブロックの数が残《のこ》り30個ほどになったとき、ぼくは残《のこ》り時間を確認《かくにん》するために思い出したように天井《てんじょう》を見上げました。すると、天井《てんじょう》には大きな文字で2という数字が表示《ひょうじ》されていたのです。

「あと2分だ。急《いそ》げ」

ぼくは仲間《なかま》たちに知らせると、さらにペースを上げてブロックを拾《ひろ》い上げては、正しいブロックと組み合わせるという作業《さぎょう》を続《つづ》けていきました。残《のこ》り時間の表示《ひょうじ》が1になったとき、突然《とつぜん》部屋《へや》の中の電子《でんし》音の流れる速さが倍速になり、ぼくたちを動揺《どうよう》させました。そして、いつの間にか天井《てんじょう》の表示《ひょうじ》は分から秒に切り替《か》わり、59から始まるカウントダウンが始まったのです。

ぼくたちは呼吸《こきゅう》をするのも忘《わす》れ、ひたすら高速で作業《さぎょう》を続《つづ》けました。そして、天井《てんじょう》の表示《ひょうじ》が12になったとき、ようやく組み立て作業《さぎょう》を無事《ぶじ》終了することができたのです。

完成した作品を仰《あお》ぐように眺《なが》めると、それは高さ1メートルほどもある色鮮《いろあざ》やかなインコのような鳥《とり》であることがわかりました。ぼくは、時間内に組み立てを達成《たっせい》したことに大きな充実感《じゅうじつかん》を覚《おぼ》えるとともに、純粋に無我夢中《むがむちゅう》でブロックを組み立てることの楽《たの》しさを改《あらた》めて実感《じっかん》したのです。

「おめでとう！君たちはこの階《かい》でのチャレンジを見事に乗《の》り切ったね。はい、これはプレゼントだよ」

インコはそう言うと、口ばしを大きく開き、床にカギを落《お》としました。ぼくはそれをさっと拾《ひろ》うと仲間《なかま》たちにうなずいて合図《あいず》をし、閉《と》ざされた鉄《てつ》の扉《とびら》のカギを開錠《かいじょう》しました。

「よし、次は3階《かい》だ。頂《ちょう》上まであと少し、がんばろう！」

ぼくは仲間《なかま》たちを激励《げきれい》すると、先頭《せんとう》に立って次の階《かい》への階段《かいだん》へと足を運《はこ》んだのです。

第18話　おもちゃの縁日《えんにち》

ブリキの塔《とう》の2階《かい》におけるブロックの組み立てゲームを無事《ぶじ》クリアしたことで自信《じしん》をつけたぼくは、恐怖《きょうふ》心や警戒心《けいかいしん》が完全《かんぜん》に解《と》け、次に待《ま》ち構《かま》えている試練《しれん》が楽《たの》しみで、わくわくする気持ちが抑《おさ》えきれなくなりました。

「さっきのゲーム、どきどきしたけど、すごく楽《たの》しかったね。ぼく、ああいうの大好きなんだ」

ぼくが明るい調子《ちょうし》でそう言うと、ステラがたしなめるように警告《けいこく》しました。

「ルーク、油断《ゆだん》したらダメよ。さっきのブロックだって、もし失敗《しっぱい》していたらわたしたち、おもちゃにされるところだったのよ。気を引き締《し》めてかかりなさい」

3階《かい》へ向《む》かう階段《かいだん》を半分近く上《のぼ》ると、ぼくたちの耳に明るいがやがやする声と陽気《ようき》な音楽《おんがく》が聞こえてきました。

「なんだか楽《たの》しそうな音楽《おんがく》が流れてるよ。まるでお祭《まつ》りの曲《きょく》みたいだね」

ジェイクが嬉《うれ》しそうに顔《かお》をほころばせました。

はやる気持ちで階段《かいだん》を上《のぼ》り切り、３階《かい》の光景《こうけい》を目の当たりにしたとき、ぼくの胸《むね》は高鳴《たかな》りました。なんと、そこではたくさんのおもちゃたちが縁日《えんにち》を開いていたのです。

「やあ、お客さん。福引《ふくびき》はいかがかね。１等を引くと上級魔法《まほう》をプレゼントするよ」

浴衣《ゆかた》を着《き》たワニのおもちゃがぼくたちに声をかけました。

「上級魔法《まほう》が当たるかもしれないだなんて、やってみるしかないよね。ねえ、いいでしょ」

ぼくは仲間《なかま》たちに許可《きょか》を求《もと》めました。

「そうこなくちゃ。さあ、チャンスは3回だけだ。君たちの中からくじを引く者を3人選《えら》んでくれたまえ。決まったら1人1回くじを引くんだ」

「わたしは遠慮《えんりょ》しとくわ。あんたたち3人で引いてみたら?」

「いいの、ステラ。じゃあ、ジェイク、ディラン、ぼくの順《じゅん》で引いてみようよ」

「では、ぼうや、このガラガラを1回だけ回してみておくれ」

ワニのおもちゃがジェイクにくじを引くようにうながしました。

「ようし、１等出てくれよ」

ジェイクはそう言うと、両手のひらをおわんのように丸めてふうっと息《いき》をはき、そのまま勢《いきお》いよく福引《ふくびき》のガラガラを回しました。箱から出てきた黒い球《たま》を確認《かくにん》すると、ワニのおもちゃはプップーッとラッパを吹《ふ》き、大声でアナウンスしたのです。

「おめでとう！レアキャラ動物、黒ブタのフィギュアだよ！」

「黒ブタだって？ぼくたちが集《あつ》める必要《ひつよう》があるのはめんどりと白ウサギだけのはずなんだけどな」

ジェイクは腑《ふ》に落《お》ちない表情で、本物そっくりの黒ブタのフィギュアを受《う》け取りました。

「次はぼくの番だ。さあ、行くぞ！」

ディランはジェイクとは対照的《たいしょうてき》に落《お》ち着《つ》いた様子でゆっくりとガラガラを回しました。するとき、箱からゆっくりと銀色の玉が出てきました。それを見たワニのおもちゃは、今度は肩《かた》から背負《せお》っていた小太鼓《こだいこ》をドンドンたたくと、声高らかに叫《さけ》んだのです。

「なんと、2等賞が出ちゃったよ。君は何てラッキーなんだ。ほら、景品《けいひん》はスロモの魔法《まほう》だよ」

ワニのおもちゃが背後《はいご》にある引き出しを開けると、中からすーっと半透明《とうめい》の物体が飛《と》び出し、ディランの目の前でゆらゆらと浮遊《ふゆう》しました。ディランが躊躇《ちゅうちょ》せずそれに手をかざすと、物体はディランの手のひらにしゅっと音を立てて吸《す》い込《こ》まれたのです。

「スロモは人や動物の動きを鈍《にぶ》らせる魔法《まほう》だよ。使うときは神経《しんけい》を手中させて魔法《まほう》の杖《つえ》を振《ふ》りかざし、『スロモ』って叫《さけ》べばいいんだ」

「ぼく、魔法《まほう》の杖《つえ》なんて持っていないんですけど。杖《つえ》がないとこの魔法《まほう》は使えないんですか？」

ディランが怪訝《けげん》な表情でワニのおもちゃを凝視《ぎょうし》しました。

「君の精神力《せいしん》が大幅《おおはば》に増大《ぞうだい》すれば杖《つえ》がなくてもスロモが使えるようになるかもしれないが、今はまだ難《むずか》しいだろうな。まあ、心配《しんぱい》は無用だよ。君が持っている指揮棒《しきぼう》は魔法《まほう》の杖《つえ》だ。その中にはすでにスランバが入っているようだが、スロモを用いるときも同様にその指揮棒《しきぼう》を用いればいいさ」

ワニのおもちゃが、ディランが手に持つ指揮棒《しきぼう》を指《ゆび》さしました。

「すごいや！この指揮棒《しきぼう》を使えば、ぼくは魔法《まほう》が２つ使えるということなんですね」

ディランは嬉《うれ》しそうに指揮棒《しきぼう》に目をやりました。

「魔法《まほう》の杖《つえ》はとても便利《べんり》なんだ。なにせ、魔法《まほう》を使ったときの精神《せいしん》力の消耗《しょうもう》が大幅《おおはば》に軽減《けいげん》されるわけだからな。さあ、あと一回福引《ふくびき》が引けるよ。次のぼうや、準備《じゅんび》はいいかい」

ワニのおもちゃにうながされたぼくは、福引器《ふくびきき》の前に歩み出ると、神様にお祈《いの》りするときのように両手を組み合わせ、全神経《しんけい》を集中《しゅうちゅう》させるとガラガラを回しました。すると今度は、深緑《ふかみどり》色の球《たま》がころころと転がり出てきました。

「ほう。そうきたか」

ワニのおもちゃはにやりと笑い、奥《おく》に位置《いち》する複数《ふくすう》の引き出しの中から深緑《ふかみどり》色の印があるものを探《さが》し出すと、それをすっと開き、中から深緑《ふかみどり》色のプラスチックカードを一枚取り出してぼくに手渡《わた》しました。

「ぼうや。君たちは幸運《こううん》に恵《めぐ》まれているようだ。なぜなら君たちは塔《とう》の４階《かい》に正式に招待《しょうたい》されたわけだからな」

「いったいどういうことですか？」

ぼくはわけがわからぬまま差《さ》し出された深緑《ふかみどり》のカードを手に取りました。

「このフロアの奥《おく》をよく見てごらん。階段《かいだん》がないのに気づいたかい？実は3階《かい》から4階《かい》に上がるにはエレベーターを用いなければならないんだ。奥《おく》に3つエレベーターがあるのが見えるね。一番右端《はし》のエレベーターは『赤の間』、真ん中のエレベーターは『青の間』、そして左端《はし》のエレベーターは『緑の間』へと通じているんだ。通常塔《とう》の4階《かい》以上へ上がることは特別《とくべつ》な許可《きょか》を受《う》けた者以外《いがい》は禁止《きんし》されているのだが、今君は福引《ふくびき》で緑の間へ向《む》かうエレベーターの制御《せいぎょ》カードを手に入れたわけだ。上の階《かい》がどうなっているのか、わしらのような一般《いっぱん》のおもちゃにはわからないが、これは非常に名誉《めいよ》で幸運《こううん》なことだと思うぞ。ぜひ、招待《しょうたい》を楽《たの》しんでおくれ」

「塔《とう》なのに4階《かい》に3つも部屋《へや》があるなんて、どういう仕組《しく》みなのかしら？」

ステラが独《ひと》り言のようにつぶやきました。

「いい質問《しつもん》だね、お嬢《じょう》ちゃん。実は4階《かい》には空間移動《くうかんいどう》と呼《よ》ばれる最先端《さいせんたん》の技術が用いられているんだ。それぞれの間は、普段《ふだん》はこのバーチャル世界の別《べつ》の場所に位置《いち》しているのだが、エレベーターにカードを差《さ》し込《こ》むことによって、瞬時《しゅんじ》に該当《がいとう》する空間が4階《かい》に現《あらわ》れるという仕組《しく》みなんだ。すごいだろう」

ワニのおもちゃが誇《ほこ》らしげに解説しました。

「福引《びき》で外れていたら、上の階《かい》には行けなかったってことだったんだね。それぞれの間がどうなっているのか全部見てみたいけれど、緑の間っていうのは名前からして落《お》ち着《つ》きがあって、ひょっとしたらいい場所かもしれないね」

ジェイクが両手を頭《あたま》の後ろに回して、のんきそうな声を出しました。

「地下牢《ちかろう》でのブリキの犬の言葉を忘《わす》れたのか？ロレンゾは、私や君たちをおもちゃに変《か》えるどころか、処刑《しょけい》しようとしているんだ。絶対《ぜったい》に油断《ゆだん》してはだめだ」

アシュトンさんがたしなめるようにジェイクに厳《きび》しい視線《しせん》を送りました。

「どちらにしても、塔《とう》の上の階《かい》を目指《めざ》すしかないんだ。せっかく緑の間に招待《しょうたい》されたんだから、さっそく行ってみよう」

ディランの言葉に同調《どうちょう》したぼくたちは、縁日《えんにち》でにぎわうおもちゃたちをかき分けて、左奥《おく》にあるエレベーターに向《む》かって歩き始めました。そして、エレベーターの前に到着《とうちゃく》すると、ぼくは扉《とびら》の左側にある差込口《さしこみぐち》に深緑《ふかみどり》のカードを挿入《そうにゅう》しました。すると、差込口《さしこみぐち》の上部のガラス部分が緑色に点滅《てんめつ》し、やがてその点滅《てんめつ》が点灯《てんとう》に変化《へんか》すると、エレベーターの扉《とびら》がすーっと音を立てて開いたのです。不安《ふあん》と好奇心《こうきしん》が交錯《こうさく》しながらも、ぼくはいち早くエレベーターの中に入り込《こ》みました。そして、仲間《なかま》たちが全員搭乗《とうじょう》するのを確認《かくにん》すると、エレベーター内部にある唯一《ゆいいつ》のボタン、4という番号を押《お》したのです。ぼくがボタンを押《お》すと同時にエレベーターの扉《とびら》はゆっくりと閉《し》まり、上の階《かい》へと上昇《じょうしょう》し始めました。そして、数秒後には、チンという音を立てて、扉《とびら》が開いたのです。

扉《とびら》の外の様子を目にしたとき、ぼくはまったく予想すらしなかったその光景《こうけい》に驚《おどろ》きを隠《かく》すことができず、思わず口をぽかんと開けてしばらく外に出ることも忘《わす》れ立ちつくしてしまいました。なぜなら、室内の床にはまるで屋外であるかのように天然芝《てんねんしば》が敷《し》き詰《つ》められ、空中には色とりどりの蝶《ちょう》がひらひらと舞《ま》っていたのです。

そして、部屋《へや》の中央には大きな円形のテーブルが1つ置《お》かれ、その周りにはいくつものイスが並《なら》べられていました。さらに、部屋《へや》の上部には球状《きゅうじょう》の大きな丸い物体が浮《う》かび、まるで人工太陽のようにぽかぽかと暖《あたた》かく、そして明るく、部屋《へや》を照《て》らし出していたのです。

「さあ、出るわよ」

ステラの言葉にわれを取り戻《もど》したぼくは、仲間《なかま》たちに遅《おく》れまいと慌《あわ》ててエレベーターの外に出ました。そして、扉《とびら》が閉《し》まるのを確認《かくにん》しようとふと後ろを振《ふ》り返《かえ》ると、驚《おどろ》くべきことに、先ほどまで利用していたエレベーターは影《かげ》も形もなく消え去っていたのです。動揺《どうよう》したぼくが、背後《はいご》を指《ゆび》さして仲間《なかま》たちに異常事態《いじょうじたい》を伝《つた》えようとすると、部屋《へや》の中からぼくたちに向《む》けて誰《だれ》かが声をかけてきました。

「緑の間の懇親《こんしん》会へようこそ。みなさんがご主人様の招待《しょうたい》を承諾《しょうだく》していただき、本当に嬉《うれ》しい限《かぎ》りでございます。どうぞゆっくりと優雅《ゆうが》なひとときをお楽《たの》しみください」

ぼくたちは声の主の居場所《いばしょ》が特定《とくてい》できず、きょろきょろとフロア全体を見渡《わた》しました。すると、先《さき》ほど部屋《へや》を舞《ま》っていた数羽《わ》の蝶《ちょう》のうち、紫色の羽《はね》をもつ蝶《ちょう》がぼくたちの目の前でパタパタと羽《はね》を動かしながら、ぼくたちを座席《ざせき》へと誘導《ゆうどう》し始めたのです。よくよく見てみると、ぼくたちを案内《あんない》していたのは蝶《ちょう》ではなく、蝶《ちょう》のような羽《はね》をつけた、小さな妖精《ようせい》だったのです。アゲハ蝶《ちょう》ほどの大きさの小さな妖精《ようせい》は、ぼくたち全員を席《せき》に着《つ》かせると、手招《てまね》きして他の妖精《ようせい》たちを呼《よ》び寄《よ》せました。そして、全部で12人の妖精《ようせい》がテーブルの上に集《あつ》まり、ぼくたちを歓迎《かんげい》するかのように華《はな》やかなダンスを披露《ひろう》すると、最後《さいご》にぺこりとお辞儀《じぎ》をしたのです。

「みなさん、ただいまご主人様をお呼《よ》びいたしますので少々お待《ま》ちくださいませ。ご主人様はみなさんをお食事や飲み物で盛大《せいだい》にもてなしたいと申《もう》しております」

紫の羽《はね》の妖精《ようせい》はそう言うと、他の妖精《ようせい》たちと共《とも》にフロアの奥《おく》の方に生えていた大きな樹木《じゅもく》の方へ向《む》かって飛《と》んでいきました。そして、その樹木《じゅもく》の幹《みき》の上部に付着《ふちゃく》していた高さ120センチメートルほどもある、とても大きな深緑《ふかみどり》色のさなぎの前まで来ると、妖精《ようせい》たちはそのさなぎに向《む》かって、それぞれ2本の触覚《しょっかく》から多彩《たさい》な光を放出《ほうしゅつ》したのです。

第19話　緑の間

12人の妖精《ようせい》たちが触覚《しょっかく》から放《はな》った24本の多彩《たさい》な光は、深緑《ふかみどり》のさなぎに余《あま》すことなく吸収《きゅうしゅう》されました。すると、さなぎは徐々《じょじょ》に虹《にじ》色の色彩《しきさい》を帯《お》び、まるで鼓動《こどう》する心臓《しんぞう》のようにどくどくと音を立てて規則正しく動き始《はじ》めたのです。ぼくが座席《ざせき》からかたずをのんでその様子を見つめていると、やがて虹《にじ》色のさなぎはシュワッという音を立て、そのままぼろぼろと地面に崩《くず》れ落《お》ちました。そして、中から深緑《ふかみどり》色の羽《はね》に黒い模様《もよう》が複数《ふくすう》ある、とても美しい妖精《ようせい》が姿《すがた》を現《あらわ》したのです。

「アデリーナ様。招待《しょうたい》客のみなさまをお座席《ざせき》までご案内《あんない》いたしました」

紫色の妖精《ようせい》が紫色のドレスの両すそを持ち上げ、深々《ふかぶか》とお辞儀《じぎ》しました。すると、他の11人の妖精《ようせい》たちも同様の動きを示したのです。

「ご苦労様。さあ、懇親《こんしん》会を始めましょ。食事と飲み物をテーブルに用意《ようい》しなさい」

アデリーナと呼《よ》ばれる、髪《かみ》にティアラを戴《いただ》いた美しい妖精《ようせい》はそう言うと、12人の妖精《ようせい》たちの前から突然《とつぜん》姿《すがた》を消しました。ぼくは自分の目が信《しん》じられず、隣《となり》に座《すわ》っていたジェイクに話しかけようと左側を振《ふ》り向《む》くと、なんといつの間にかアデリーナはぼくたちと同じテーブルの座席《ざせき》に腰《こし》を掛《か》けていたのです。

「ルークとお友達のみなさん、私の招待《しょうたい》を受《う》け入れていただき本当に感謝《かんしゃ》しているわ。どうぞゆっくりとお食事と飲み物を楽《たの》しんでくださいな」

アデリーナがすでにぼくの名前を知っていたことに、ぼくはとても驚《おどろ》きました。

「こちらこそ、招待《しょうたい》していただきありがとうございます。ぼくたち塔《とう》の頂上《ちょうじょう》を目指《めざ》しているのですが、招待《しょうたい》がないと4階《かい》以上には上がれないんですよね。だから、すごく助《たす》かりました。ところで、アデリーナ、なぜあなたはぼくの名前を知っているんですか？」

「私はゴールドフィンチ島にいる妖精《ようせい》たちの女王なの。大切な情報《じょうほう》はすべて魔女《まじょ》から共有《きょうゆう》されているのよ。実は、魔女《まじょ》からの依頼《いらい》で、あなたたちの魔力《まりょく》を高めるように要請《ようせい》されたの。あなたたち、ジェイスやロレンゾに目をつけられているんでしょ？これは大変《たいへん》なことだわ。しかも彼らの背後《はいご》にはもっと大物の魔法《まほう》使いがいるって聞いているわ。緑の間は強力な魔法《まほう》で守られているから、今ここで起《お》こっていることは、たとえロレンゾでも知ることは不可能《ふかのう》だし、この部屋《へや》に入り込《こ》むこともできないわ。魔力《まりょく》を高めるには運動《うんどう》は必要《ひつよう》ないのよ。私が開催《かいさい》する懇親《こんしん》会に参加《さんか》すれば、きっとあなたたちは今よりもずっと魔力《まりょく》を高めることができると確信《かくしん》しているわ」

ぼくたちがアデリーナの話に夢中になっていると、12人の妖精《ようせい》たちがテーブルに様々な食事と飲み物を運《はこ》んできました。それは、ぼくたちが見たこともないようなものばかりだったのです。

「さあ、テーブルの上に魔力《まりょく》を高める様々な料理や飲み物を用意《ようい》したわ。これを残《のこ》さずに全部食べるのよ」

「でもフォークやスプーン、ナイフなどの食器がないわ。手で食べろとでも言うの？」

ステラがむすっとした表情でアデリーナを横目《よこめ》で見ました。

「あわてないで、ステラ。食器は使ったらだめよ。魔力《まりょく》で食べ物を切り分け、魔力《まりょく》でそれを口に運《はこ》ぶの。見てなさい」

アデリーナはそう言うと、テーブルの上にのった美味《おい》しそうな肉料理をじっと見つめました。すると、不思議《ふしぎ》なことに、カットされていない大きな肉のかたまりが、みるみるうちに細《こま》かく切り分けられたのです。そしてそのうちの一切《ひとき》れが宙《ちゅう》に浮《う》かび上がり、アデリーナの口元まで漂《ただよ》い始めました。アデリーナは口を開くとその肉を満足《まんぞく》そうに食べ、ぼくたちにウィンクしたのです。

「ね、簡単《かんたん》でしょ。これができれば、さっき私がやったみたいに短距離《たんきょり》の瞬間移動《しゅんかんいどう》も可能になるわよ。さあ、練習《れんしゅう》しましょ」

その後、ぼくたちはアデリーナや12人の妖精《ようせい》たちの助言《じょげん》を得《え》て、精神《せいしん》を集中《しゅうちゅう》する方法のトレーニングを受《う》けました。いくら説明《せつめい》を受《う》けてもコツがつかめず、焦《あせ》りは募《つの》るばかりでしたが、心を無にした状態《じょうたい》から一気に集中《しゅうちゅう》力を高めるという訓練《くんれん》を数時間続《つづ》けた結果《けっか》、ついにぼくは肉を切り分け、口元に移動《いどう》させ、それを食べるという試《こころ》みに成功《せいこう》したのです。すると徐々《じょじょ》に仲間《なかま》たちも要領《ようりょう》をつかみ、ステラやジェイク、ディランまでもが食器を使わずに肉を食べられるようになったのです。

「君たちはすごいな。私にはどうやっても無理だ」

アシュトンさんがあきらめたようにため息《いき》をつきました。

「あなたは、無理しなくていいのよ。別《べつ》の料理を用意《ようい》するから、食器を使ってお食べなさい。さあ、あなたたち、あとはこの食卓《しょくたく》にあるものを必《かなら》ず４人で均等《きんとう》に分けて全部食べ、飲み物も全部飲み切るのよ。それで、私のトレーニングは終了だわ」

こうしてぼくたちは、食卓《しょくたく》上の食べ物すべてを食器なしで食べきり、飲み物も手を使わずに魔力《まりょく》で持ち上げて飲む、という手法ですべて飲みきることに成功《せいこう》しました。用意《ようい》された食べ物や飲み物はすべて、ただ美味《おい》しいばかりでなく、それらを飲食することによって体内でじわじわと魔力《まりょく》が増《ま》していくのをぼくは実感《じっかん》したのです。

緑の間の懇親《こんしん》会に参加《さんか》したぼくたちは、アデリーナから訓練《くんれん》を受《う》け、魔力《まりょく》を高めることに成功《せいこう》しました。喜《よろこ》びに浸《ひた》りながらも、仮想《かそう》世界のゲームの制限《せいげん》時間が６時間であることをふと思い出したぼくは、アデリーナに視線《しせん》を向《む》けてたずねました。

「ぼくたち、ゲームに参加《さんか》してから、地下牢《ちかろう》に閉《と》じ込《こ》められたり、色々な試練《しれん》を乗り越《の　こ》えたりと随分《ずいぶん》と時間を使ってしまった気がするけど、制限《せいげん》時間６時間のうち、あとどれくらい時間が残《のこ》っているのかなあ」

「確《たし》かにそうね。わたしたち、ここでのトレーニングにもだいぶ時間を費《つい》やしたものね」

ステラが同調《どうちょう》するようにそう言うと、仲間《なかま》たちは全員アデリーナに注目《ちゅうもく》し、彼女の次の発言《はつげん》を待《ま》ちました。

「いい質問《しつもん》ね。あなたたちがこの世界に入った時間を確《たし》かめてみるわ。ちょっと待《ま》っててね」

アデリーナは両手を構《かま》えて目をつぶると、神経《しんけい》を集中《しゅうちゅう》させながら、もごもごと呪文《じゅもん》のようなものを唱《とな》え始めました。すると彼女が構《かま》えていた両手のひらの間に薄《うす》緑色のガスが発生《はっせい》し、うっすらと時計のようなものが現《あら》れました。そこには紫色の文字で００：３０と表示《ひょうじ》されていたのです。

「どうやらあと30分しか残《のこ》されていないようね。あなたたち、急《いそ》いで最上階《さいじょうかい》の5階《かい》に移動《いどう》する必要《ひつよう》があるわ」

「ぼくたちが、エレベーターから緑の間に降《お》りたとき、エレベーターが消えてしまいましたよね。しかも、ぼくたちが乗《の》ったエレベーターの中には元々４階《かい》へ向《む》かうボタンしかついていなかったんです。どうやって5階《かい》に上ればいいんですか？」

ディランがそわそわした様子でたずねました。

「あなたたちがここに来たときに説明《せつめい》したように、緑の間は外部から侵入《しんにゅう》できないように特別《とくべつ》な魔法《まほう》で守られているの。ここから5階《かい》へ直結《ちょっけつ》する階段《かいだん》やエレベーターは存在《そんざい》しないわ」

「じゃあ、わたしたち、どうやって最上階《さいじょうかい》に行けばいいの？あと30分しかないのに、ここままじゃ時間切れでおもちゃにされて展示《てんじ》されるか、下手したらロレンゾに処刑《しょけい》されるかもしれないわ」

ステラが涙《なみだ》を浮《う》かべながら、すがるようにアデリーナを見つめました。

「せっかく訓練《くんれん》したあなたたちを私が見捨《みす》てるわけがないでしょ。私が特別《とくべつ》な方法であなたたちを5階《かい》に導《みちび》いてあげるわ。空間移動《くうかんいどう》の魔法《まほう》でね」

アデリーナはそう言うと、人差《ひとさ》し指《ゆび》で楕円《だえん》のような形を描《えが》きました。すると、ぼくたちの目の前には、宇宙《うちゅう》空間に浮《う》かぶ小さな楕円《だえん》形のブラックホールのようなものが現《あらわ》れたのです。ぼくたちがあっけにとられてその異空間《いくうかん》への入り口を眺《なが》めていると、アデリーナはぼくたちに向《む》かって大声で「シュリンク！」と叫《さけ》びました。

すると、ぼくたちの体はみるみるうちに縮《ちぢ》み上がり、身長15センチメートルほどの小人になってしまいました。

「異空間《いくうかん》の入り口を大きくすると緑の間の安全性を損《そこ》なう危険《きけん》性があるから、あなたたちを縮《ちぢ》めさせてもらったわ。5階《かい》に着《つ》いたら魔法《まほう》が解《と》けるようにしたから、しばらくこのまま我慢《がまん》していてね」

アデリーナは再《ふたた》び異空間《いくうかん》への入り口に視線《しせん》を向《む》けると、美しい翼《つばさ》を何度かパタパタとはためかせました。すると、翼《つばさ》から銀色の粉《こな》が次々と放出《ほうしゅつ》され、空気中をしばらく舞《ま》うと、やがて密集《みっしゅう》して固形《こけい》化し、蝶《ちょう》の羽《はね》のついた美しく銀色に輝《かがや》く船《ふね》のような乗《の》り物ができ上がったのです。

「異空間《いくうかん》は真空《しんくう》で圧力《あつりょく》も高いから、生身《なまみ》で扉《とびら》の中に入り込《こ》むことはできないわ。さあ、あなたたち、ベローナ号にお乗《の》り。異空間《いくうかん》を通ってあなたたちを安全に5階《かい》へと誘導《ゆうどう》してくれるわ」

ぼくたちが言われるがままにベローナ号のはしごを上《のぼ》ると、船内《せんない》に向《む》かう丸い昇降《しょうこう》口が回転《かいてん》しながら内側から外側に広がるように開きました。ぼくたちが急《いそ》いで順番《じゅんばん》にはしごを利用して船室《せんしつ》に下《お》り立つと、昇降《しょうこう》口は今度は外側から内側に向《む》けて回転《かいてん》しながら自動で閉《し》まったのです。船室《せんしつ》の前部には操縦《そうじゅう》パネルがあり、そこには大きなオレンジ色の丸いボタンがついていました。ぼくがためらうこともなくそのボタンを押《お》すと、ベローナ号は徐々《じょじょ》に浮遊《ふゆう》し、アデリーナが用意《ようい》した異空間《いくうかん》への入り口に吸《す》い込《こ》まれるように入り込《こ》んだのです。

船室《せんしつ》には中央の左側面《そくめん》に窓があり、そこからぼくたちは異空間《いくうかん》の様子をはっきりと確認《かくにん》することができました。真っ暗な空間には時折《ときおり》、星雲《せいうん》のようなガス上の物質《ぶっしつ》が現《あらわ》れたかと思うと姿《すがた》を消し、完全《かんぜん》な暗闇《くらやみ》が支配《しはい》したかと思うとまた、淡《あわ》い光が姿《すがた》を現《あらわ》しました。

ぼくたちがその様子をぼんやりと見つめていると、突然《とつぜん》パッと目がくらむようなまぶしい光が船外《せんがい》の空間を覆《おお》いつくしました。その太陽のような光の強烈《きょうれつ》さにぼくは視線《しせん》を船内《せんない》に移《うつ》し、思わず目をつぶりました。そして驚《おどろ》くべきことに、ぼくが数秒後に再《ふたた》びまぶたを開くと、いつの間にかぼくたちは全員元の大きさに戻《もど》り、5階《かい》と思われる場所の床に並《なら》んで立っていたのです。ぼくがきょとんとした様子で視線《しせん》を下に向《む》けながら周囲《しゅうい》を見渡《わた》すと、不思議《ふしぎ》なことに、ベローナ号の姿《すがた》はどこにも見当《みあ》たりませんでした。混乱《こんらん》したぼくは、わけがわからぬまま仲間《なかま》たちの表情を確《たし》かめるために顔《かお》を上げました。しかしその瞬間《しゅんかん》、ぼくの目は、目の前にいるとても見覚《おぼ》えのある存在《そんざい》をとらえたのです。その無感情《むかんじょう》ともいえる笑《え》みを見たぼくは、背筋《せすじ》が凍《こお》りつくような恐怖《きょうふ》心を覚《おぼ》え、仲間《なかま》たちの方を振《ふ》り向《む》くことさえできずに、その場に立ちつくしてしまいました。

第20話　ゲームの終わり

　小人のような大きさに縮小《しゅくしょう》したぼくたちは、ベローナ号に乗《の》り込《こ》み、アデリーナによる空間移動《いどう》の魔法《まほう》の力を借《か》りてどうにか塔《とう》の最上階《さいじょうかい》にたどり着《つ》くことに成功《せいこう》しました。ベローナ号が消えたことに気づいたぼくが不安《ふあん》な面持《おもも》ちで正面を見すえると、何とぼくたちの目の前には、ブリキの塔《とう》の2階《かい》でぼくたちが作り上げたブロックのインコとそっくりの、体長1メートルほどはあるかと思われる大きな色鮮《いろあざ》やかな鳥《とり》が、室内の上部から翼《つばさ》を羽《は》ばたかせながら不気味《ぶきみ》な笑顔《えがお》を浮《う》かべてぼくたちを見下《みお》ろしていたのです。

「また会ったね。ぼくの名前はメロディ。まさか君たちが5階《かい》までたどり着《つ》くだなんて思いも寄《よ》らなかったよ。この部屋《へや》に通じる階段《かいだん》は君たちがゲームの世界に入り込《こ》む前にロレンゾ様が取り外《はず》してしまったんだ。

　つまり、ロレンゾ様の空間移動《くうかんいどう》の魔法《まほう》に頼《たよ》らなければ、この部屋《へや》には来られないようになっていたのさ。だから、この部屋《へや》に突然《とつぜん》銀色のチョウのような乗《の》り物が出現《しゅつげん》したときは、正直驚《おどろ》いたよ。しかも、ぼくの力でそれを粉々《こなごな》に破壊《はかい》したら、突然《とつぜん》君たちが目の前に現《あらわ》れたんだから、ぼくの驚《おどろ》きも倍増《ばいぞう》ってわけさ。まあ、君たちがどうやってここに来たのかは、ぼくには関係のないことだけどね。なにせ、君たちはぼくの恩人《おんじん》なわけだから。君たちが2階《かい》でブロックを完成してくれたおかげで、ぼくの魔力《まりょく》はとてつもなくパワーアップすることができたんだ。どれくらい魔力《まりょく》が増大《ぞうだい》したのか、自分でも確《たし》かめたくてうずうずしていたところなんだよ。だから悪《わる》いけど、今から君たちを全滅《ぜんめつ》させて、このゲームもここで終わりにさせてもらうことにするね」

メロディは薄気味《うすきみ》悪くにやっと笑うと、そのままくちばしを大きく開きました。すると彼の両目がピカッと青白く光り、それと同時に口の中からハチドリほどの大きさの鳥《とり》が大量《たいりょう》に飛《と》び出してきたのです。メロディそっくりの小型の鳥《とり》たちは恐《おそ》ろしい速度《そくど》でぼくたちに迫《せま》ってきました。あっけにとられたぼくは、どう行動すべきなのかわからず混乱《こんらん》し、ただぼう然とその場に立ちつくしてしまいました。ぼくが助《たす》けを求《もと》めるために仲間《なかま》たちの方を振《ふ》り向《む》くと、アシュトンさん以外《いがい》の仲間《なかま》たちは、みんな透明《とうめい》になって姿《すがた》を消していることに気づきました。それを見て急に冷静《れいせい》さを取り戻《もど》したぼくが透明《とうめい》になろうと意識《いしき》を集中《しゅうちゅう》させようとしたその矢先、激《はげ》しい痛《いた》みがぼくの左腕《うで》に走《きゅう》ったのです。

「うわあ！」

ぼくは思わず叫《さけ》び声を上げ、左腕《うで》に視線《しせん》を向《む》けました。すると、ぼくの左腕《うで》に1匹《ぴき》の小型メロディが止まり、何度も何度もぼくの腕《うで》をくちばしでつついているのが見えたのです。つつかれるたびにぼくの腕《うで》には激痛《げきつう》が走り、ぼくは自分の腕《うで》の出血を見たことも影響《えいきょう》し、吐《は》き気を催《もよお》すとともに、だんだん意識《いしき》が遠のいていったのです。

「スロモ！」

そのとき、突然姿《とつぜんすがた》を現《あらわ》したディランが指揮棒《しきぼう》を振《ふ》って魔法《まほう》を唱《とな》えました。すると、小型メロディたちの移動《いどう》速度《そくど》が減速《げんそく》し、ぼくはどうにか痛《いた》みをこらえながらぼくに休むことなく攻撃《こうげき》を加《くわ》え続《つづ》けていた小型《こがた》メロディから離《はな》れることができたのです。

「ヒーラ！」

ディランに続《つづ》いて姿《すがた》を現《あらわ》したステラがそう叫《さけ》ぶと、ぼくの痛《いた》んだ左腕《うで》をピンク色のガスが覆《おお》い、あっという間にぼくの傷《きず》を癒《いや》してくれました。

「ディラン、ステラ、ありがとう！」

ぼくは大声で感謝《かんしゃ》を伝《つた》えると、速度《そくど》の鈍《にぶ》った大型のメロディを凝視《ぎょうし》し、意識《いしき》を集中《しゅうちゅう》させました。危機感《ききかん》を感《かん》じたメロディがさらなる小型メロディを吐《は》き出すためにくちばしを大きく開いた瞬間《しゅんかん》、ぼくは右の人差《ひとさ》し指《ゆび》を大きく振《ふ》り上げました。

「サンダ！」

ぼくが言葉と同時に指《ゆび》を振《ふ》り下ろすと、強力な雷《かみなり》がメロディの開かれたくちばしの中に直撃《ちょくげき》したのです。

「ピーッ！」

メロディはそう叫《さけ》ぶと地面にドサッと倒《たお》れました。すると、小型メロディたちも次々に地面に倒《たお》れ動かなくなってしまったのです。安堵《あんど》したぼくがため息《いき》をつき、あらためて地面に倒《たお》れた鳥《とり》たちを見つめると、なんと鳥《とり》たちはいつの間にか、2階《かい》でぼくたちが見た、バラバラのブロックに戻《もど》っていたのです。

「危機一髪《ききいっぱつ》だったね。手ごわい相手だった。ルーク、そう言えばサンダを使ったのに、地下牢《ちかろう》のときみたいに疲《つか》れた様子がないね」

ぼくの脇《わき》で、ディランが少し驚《おどろ》いた様子でぼくを眺《なが》めました。

「緑の間での修行《しゅぎょう》で、体力と精神力《せいしんりょく》が増《ふ》えたからかもね。少し疲《つか》れたけど、前ほどじゃないよ」

ぼくは呼吸《こきゅう》を整《ととの》えながら答《こた》えました。

「この部屋《へや》のどこかに『取り寄《よ》せの水晶《すいしょう》』があるはずだ。みんな、手分けして探そう」

アシュトンさんにうながされたぼくたちは、5階《かい》の部屋《へや》を入念にチェックし始めました。しばらく室内を探《さが》し回ったぼくが何も見つけられず落胆《らくたん》しかけていると、突然《とつぜん》ステラが大声を上げました。

「ねえ、この古時計《ふるどけい》に取っ手がついているわ」

ステラの目の前には大きな古時計《ふるどけい》があり、彼女の言う通り、時計の下部にはノブのような取っ手がついていました。ステラは、右手でノブを握《にぎ》るとそれをガチャガチャとひねりました。

「ダメだわ。カギがかかっていて開かないわ」

「ステラ、このカギ使ってみて。さっき、ブロックの間から見つけたんだ」

ディランが少しさびたカギを差《さ》し出し、ステラに手渡《わた》しました。カギを受《う》け取ったステラはノブの下側に位置《いち》する鍵穴《かぎあな》にカギを差《さ》し込《こ》むと、左側に回転《かいてん》させました。そしてステラが再度ノブをつかみそれをひねると、今度はギーッという音を立てて、古時計《ふるどけい》の底部《ていぶ》が開いたのです。

「あったわ！これ、水晶玉《すいしょう》よ！」

ステラが古時計《ふるどけい》の内部からつややかに輝《かがや》く水晶《すいしょう》玉を取り出し、アシュトンさんに見せました。

「よかった。間違《まちが》いなくこれが『取り寄《よ》せの水晶《すいしょう》』だ。ステラ、水晶《すいしょう》に君たちが探《さが》しているものを求《もと》めるんだ」

アシュトンさんがステラを見つめました。するとステラは、両手のひらにのった水晶《すいしょう》をじっと見つめ、大きく口を開いたのです。

「めんどりのフィギュアをください！」

　その声が発《はっ》せられると、水晶玉《すいしょう》はオレンジ色に点滅《てんめつ》し、内部にうっすらとめんどりの姿《すがた》を映《うつ》し出しました。球《きゅう》の中のめんどりは、徐々《じょじょ》にはっきりとした形を形成すると、ポンッと音をだし、中からフィギュアとして飛《と》び出してきたのです。

「これで、アニーの白ウサギを除《のぞ》けば必要《ひつよう》なフィギュアは全部そろったね。ぼくたち、無事《ぶじ》にゲームをクリアすることができたんだね」

　安心したぼくは、気が抜《ぬ》けたようにその場にへなへなと座《すわ》り込《こ》み、両手を腰《こし》の後ろの床にべったりとつけてため息《いき》をつきました。すると室内に、聞き覚《おぼ》えのある不気味《ぶきみ》な声が響《ひび》き渡《わた》ったのです。

「まさかお前たちがゲームに勝利《しょうり》するだなんて、私の誤算《ごさん》だった。本来ならば私自《みずか》らお前たちを葬《ほうむ》ってやりたいところだが、あの方との契約により、ゲームに勝利《しょうり》した者たちに私が直接危害《ちょくせつきがい》を加《くわ》えることは違反《いはん》行為に値《あたい》してしまうのだ。したがって、今回は約束《やくそく》通りお前たちをここから出し、解放《かいほう》してやろう」

　ロレンゾの声が途切《とぎ》れると、ぼくたちの目の前の空間が徐々《じょじょ》にゆがみ、グニャグニャと揺《ゆ》れ始めました。恐怖《きょうふ》を感《かん》じたぼくが大声を出そうと口を開くと、ぼくの視界《しかい》は完全《かんぜん》に真っ暗になり、まるで闇《やみ》と同化したかのように自分の姿《すがた》までわからなくなってしまいました。ぼくが遠のく意識《いしき》の中、このまま永遠《えいえん》の闇《やみ》に閉《と》じ込《こ》められるのではないかと観念《かんねん》すると、突然《とつぜん》目の前がぱっと明るくなりました。おそるおそる目を開けると、いつの間にかぼくたちはおもちゃの館《やかた》のがらんとした無機質《むきしつ》な部屋《へや》に戻《もど》っていたのです。そして意外《いがい》なことに、部屋《へや》の中にはロレンゾの姿《すがた》はなく、部屋《へや》の中央の台にはゲームの世界の入り口として用いられた水色の壺《つぼ》がそのまま置《お》かれていました。

「ロレンゾがいなくなってるね。ああ、よかった。あの恐《おそ》ろしい顔《かお》は二度と見たくないもの」

ほっとしたジェイクが胸《むね》をなでおろしました。

「アシュトンさん、わたしたち、今から『集《つど》いの牧場《まきば》』に行ってくるわ。白ウサギのアニーを助《たす》けたいの。ジェイスからユラナスの王冠《おうかん》も取り戻《もど》さなきゃいけないしね。これ、返《かえ》すわ」

ステラが手に持っていた取り寄《よ》せの水晶《すいしょう》をアシュトンさんに手渡《わた》しました。

「君たちのおかげで私もゲームの世界から抜《ぬ》け出すことができた。本当にありがとう。私はこのままロレンゾが戻《もど》らぬことを祈《いの》りながら、おもちゃの館《やかた》の営業《えいぎょう》を続《つづ》けて行こうと思っている。また何か探《さが》し物があるときは、いつでもここに立ち寄《よ》ってほしい」

こうしてぼくたちは、アシュトンさんに別《わか》れを告《つ》げ、館《やかた》の外で待《ま》つＬＢＣのスタッフ陣《じん》と合流すると、集《つど》いの牧場《まきば》へ向《む》かうために、いったんパフのいる井戸《いど》へと向《む》かうことにしたのです。

第21話　集《つど》いの牧場《まきば》

めんどりのフィギュアを手に入れ、無事《ぶじ》にゲームの世界から抜《ぬ》け出したぼくたちは、集《つど》いの牧場《まきば》へ行くために、ジェイクによるマーカの魔法《まほう》の力を借《か》りて、しゃぼんトカゲのパフが住む井戸《いど》に向《む》かいました。ぼくたちが井戸《いど》に到着《とうちゃく》すると、ステラがすぐにリンガを唱《とな》え、井戸《いど》の外からパフの名を呼《よ》ぶと、パフが井戸《いど》の壁《かべ》をのそのそとよじ登《のぼ》って出てきました。

「やあ、君たち。ぼくたちはちょうど今、黄金果実《おうごんかじつ》の種《たね》を植える作業《さぎょう》を終えたところだよ。ところで、おもちゃの館《やかた》はどうだった？めんどりのフィギュアは無事《ぶじ》に手に入れられたかい？」

ぼくたちが館内《かんない》で起《お》こった出来事を細《こま》かく説明《せつめい》すると、パフは目を丸くして驚《おどろ》き、手に汗《あせ》をにぎって話に聞き入っていました。

「君たちが生きて戻《もど》ってくれて本当によかった。まったく君たちの勇気《ゆうき》には本当に頭《あたま》が下がるよ。おもちゃに変《か》えられるかもしれないのに、危険《きけん》をかえりみずにそんなゲームに挑戦《ちょうせん》するだなんて。ロレンゾとかいうピエロだって、話を聞いてるだけで恐《おそ》ろしくて鳥肌《とりはだ》が立ってくるよ」

パフはそう言うと、ぶるぶると体を小刻《こきざ》みに震《ふる》わせました。

「パフ、ぼくたち、集《つど》いの牧場《まきば》に行く準備《じゅんび》が整《ととの》ったんだ。ゲームの世界で魔力《まりょく》を高める修行《しゅぎょう》まで積んだんだからね。さあ、ぼくたちを集《つど》いの牧場《まきば》に連《つ》れて行ってくれるかい？」

ぼくがたずねると、パフはウィンクをして大きく口を開け、チューインガムのようにしゃぼん玉をふくらませ始めました。黄金色《こがね》に輝《かがや》くしゃぼん玉はみるみるうちに大きくなり、ＬＢＣのスタッフを含《ふく》むぼくたち全員が余裕《よゆう》をもって入れるほどの大きさにまでふくれ上がりました。

「さあみんな。この中に入って」

パフはぼくたち全員がしゃぼん玉の中に入ったことを確認《かくにん》すると、自《みずか》らもその中に乗《の》り込《こ》み、大声で叫《さけ》びました。

「みんな、準備《じゅんび》はいいね！集《つど》いの牧場《まきば》に出発《しゅっぱつ》進行！」

パフの声が井戸《いど》の周りの草《くさ》っ原に響《ひび》き渡《わた》ると、信《しん》じられないほどの強度をもつ黄金《おうごん》のしゃぼん玉はゆっくりと空へ向《む》かって浮《う》かび上がり、どんどん高度を上げていきました。そして、高さ１００メートルほどまで達すると、ふわふわと風に揺《ゆ》れながら遠方のマグネティカ山に向《む》かって進み始めたのです。

「この島の風景《ふうけい》は空から見ると何度見ても最高《さいこう》だね。まさかしゃぼん玉に乗《の》って山頂《さんちょう》に行けるだなんて思ってもみなかったな」

外の風景《ふうけい》に見とれながら、ジェイクが幸《しあわ》せそうな笑《え》みを浮《う》かべました。

「マグネティカ山が近づいてきたわね。ほら、山の中腹《ちゅうふく》がちぎれているわ。磁力《じりょく》で底《てい》部と上部が引きはがされたって聞いてはいたけれど、実際《じっさい》に見てみると何だか荘厳《そうごん》で素敵《すてき》だわ」

ステラがうっとりとした様子で両手を組み合わせました。

「そろそろ高度を山頂《さんちょう》の高さに合わせていくからね。マグネティカ山は標高《ひょうこう》が１５００メートルあるんだよ」

パフが上を向《む》き、しゃぼん玉の上部にふっと息《いき》を吹《ふ》きかけると、黄金《おうごん》のしゃぼん玉はみるみるうちにさらに上空へと舞《ま》い上がっていきました。下の景色《けしき》をちらっと見たぼくは、突然《とつぜん》自分がしゃぼん玉に乗《の》って運《はこ》ばれているのだという事実を思い出し、怖《こわ》くて体が自然《しぜん》と震《ふる》えだすのを感《かん》じました。しばらく上昇《じょうしょう》を続《つづ》けたしゃぼん玉はやがて安定《あんてい》した高度で止まり、そのままマグネティカ山の山頂《さんちょう》に向《む》けてまっすぐ滑《すべ》るようにすーっと前進を始めたのです。

「ほら、山頂部分《さんちょう》が見えてきたよ。きっとあそこが集《つど》いの牧場《まきば》に違《ちが》いないよ」

ディランが前方に立ちはだかる、直径《ちょっけい》200メートルほどの円形の山頂部《さんちょう》を指《ゆび》さしました。ディランの言う通り、山頂部《さんちょう》は青々と生《お》い茂《しげ》った牧草《ぼくそう》が太陽の光を反射《はんしゃ》し、緑の草原《そうげん》にところどころダイヤモンドのような輝《かがや》きを与えていました。

「さあみんな、そろそろ到着《とうちゃく》だよ。あの牧草《ぼくそう》地に着陸《ちゃくりく》するからね」

パフは器用《きよう》に黄金《おうごん》のしゃぼん玉を操《あやつ》り、山頂《さんちょう》の中心部にしゃぼん玉の乗《の》り物を着陸《ちゃくりく》させました。

「ぼくたちついに集《つど》いの牧場《まきば》に到着《とうちゃく》したんだね。ここに、マジックパーク2つ目の遊具《ゆうぐ》があるはずなのに、空の滝《たき》のときと同じで、まだ何も見えないね」

しゃぼん玉を降《お》りたぼくは、辺りをきょろきょろと見回しながら、ここにあるはずの遊具《ゆうぐ》を探《さが》し出そうとしました。しかし、目に見える範囲内《はんいない》には遊具《ゆうぐ》らしきものは一切存在《いっさいそんざい》しなかったのです。

「ねえ、あそこに異様《いよう》に草《くさ》が伸《の》びている場所があるわ。なんだか怪《あや》しいわね」

ステラが東側のある地点を指《ゆび》さしました。ぼくがその地点に目をやると、確《たし》かに牧草《ぼくそう》が他の場所よりも10倍近くの高さに伸《の》びている箇所《かしょ》があり、その草《くさ》は円柱状《えんちゅうじょう》に何かを取り囲《かこ》んでいるように見えたのです。

「あの中に何かが隠《かく》されているのかもしれない。確《たし》かめてみよう」

ジェイクはそう言うと、ぼくたちについてくるように手招《てまね》きし、先頭《せんとう》を切ってひざの高さまで伸《の》びている牧草《ぼくそう》の中をカサカサと音を立てながらその地点に向《む》けて歩き出しました。

「あそこの草《くさ》、折れもせずにあんな高さまで伸《の》びるだなんて、よっぽど茎《くき》が丈夫《じょうぶ》なんだね」

ディランが20メートルほど先にまで近づいた、ピンと伸《の》びた牧草地帯《ぼくそうちたい》を仰《あお》ぐように見つめました。そしてついにぼくたちがその地点まで到達《とうたつ》したとき、ぼくたちは力を合わせて伸《の》びた草《くさ》を脇《わき》に押《お》しのけ、その内部に入り込《こ》むことに成功《せいこう》しました。

驚《おどろ》くべきことに、伸《の》びた草《くさ》の内部は牧草《ぼくそう》がすべて刈《か》られているかのように数ミリメートル程度《ていど》の高さの草《くさ》が地面を覆《おお》っていて、高い草《くさ》に円形状に囲《かこ》まれたその内部の中心には円錐台《えんすいだい》の岩《いわ》が置《お》かれていたのです。

「ねえ、この岩《いわ》を見て。側面《そくめん》にいくつか穴《あな》があいているわ」

ステラがしゃがみこんで、岩《いわ》の側面《そくめん》をぐるぐると移動《いどう》しながら観察《かんさつ》し始めました。

「みんな見て！それぞれの穴《あな》は動物の形をしているわ。ここに持っているフィギュアを1つずつ入れてみたらいいんじゃないかしら」

ステラはそう言うと、かばんの中から黒羊《ひつじ》のフィギュアを取り出し、同じ形をした空洞《くうどう》の中に押《お》し込《こ》みました。すると、その部分の空洞《くうどう》が淡《あわ》いピンク色の光を発《はっ》し、黒羊《ひつじ》のフィギュアの目が生き物のように動き、時々まばたきするようになったのです。

「すごい！きっとすべてのフィギュアを押《お》し込《こ》めば何かが起《お》こるんだね。ステラ、他のフィギュアもどんどん空洞《くうどう》に当てはめてみて」

ぼくはわくわくする気持ちが抑《おさ》えられず、自然《しぜん》と笑《え》みがこぼれるのが自分でもわかりました。ウィンクをしたステラは、次に白ヤギのフィギュアを取り出すと、それをパズルのように白ヤギをかたどる空洞《くうどう》の中に押《お》し込《こ》みました。すると先ほどと同様に、空洞《くうどう》内に薄《うす》ピンクの光が充満《じゅうまん》し、白ヤギの鼻から息《いき》がもれ出したのです。

「フィギュアの動物たちは、空洞《くうどう》の中に入れるとエネルギーを得《え》て、まるで生きているみたいに動けるようになるんだね」

ディランが感心《かんしん》したようにつぶやきました。

「さあ、次は乳牛《にゅうぎゅう》のフィギュアを当ててはめてみるわね」

ステラはすでに用意《ようい》しておいた乳牛《にゅうぎゅう》のフィギュアを適切《てきせつ》な空洞《くうどう》に当てはめました。すると、同様に淡《あわ》いピンクの光を受《う》けた乳牛《にゅうぎゅう》は嬉《うれ》しそうに「モー」と声を上げ、ぼくたちに目配《めくば》せをしたのです。

「空洞《くうどう》は全部で6つあるね。まだ空いているのは、馬《うま》の形をした空洞《くうどう》、めんどりの形をした空洞《くうどう》、そして白ウサギの形をした空洞《くうどう》だ。そう言えば、集《つど》いの牧場《まきば》でアニーのフィギュアを持ったジェイスがぼくたちを待《ま》ち構《かま》えているかと思ったのに、姿《すがた》が見当《みあ》たらないね。何でなのかな？」

ジェイスがいないことで、ぼくは半分ほっとしつつも、半分不安《ふあん》な気持ちにもなりました。なぜなら、ジェイスと対峙《たいじ》しなければアニーを救《すく》うことも、ユラナスの王冠《おうかん》を取り戻《もど》すこともできないからです。

「今のうちに、できる限《かぎ》りフィギュアを入れてしまおうよ。ステラ、急《いそ》いで」

ジェイクにうながされたステラは、かばんからこげ茶色の馬《うま》のフィギュアを取り出し、該当《がいとう》する場所にすっと押《お》し込《こ》みました。

すると馬《うま》の形をした空洞《くうどう》もやはり淡《あわ》いピンク色の光を帯《お》び、馬《うま》のフィギュアがいななくように2本の前足を持ち上げました。

「黒ブタのフィギュアを入れる場所はないみたいだね。あれはいったい何に使うのかな。キーシャも黒ブタについては何も触《ふ》れていなかったしね」

不思議《ふしぎ》に思ったぼくが疑問《ぎもん》を投《な》げかけると、ステラはまるでぼくの言葉を聞いていないかのように、めんどりのフィギュアをかばんから取り出し、それをめんどりの形をした空洞《くうどう》に当てはめたのです。

ぼくたちが予測していた通り、空洞《くうどう》は薄《うす》いピンクの光を帯《お》び、めんどりは羽《はね》をバサバサと揺《ゆ》らしました。

「これでできることはすべてやったわね。あとはアニーのフィギュアを取り戻《もど》すだけだわ」

ステラはゆっくりと立ち上がり、改《あらた》めてぼくたちがしゃぼん玉から降《お》り立った地点を振《ふ》り返《かえ》りました。すると、みるみるうちに彼女の顔《かお》の表情は硬《かた》くこわばり、両手がぶるぶると震《ふる》えだしたのです。

「ジェイス……」

ステラの声がもれた瞬間《しゅんかん》、ぼくの体に緊張感《きんちょうかん》が走り、ジェイクやディランと共《とも》にさっと背後《はいご》を振《ふ》り向《む》きました。すると、ぼくたちから10メートルほどの距離《きょり》を隔《へだ》てたところに、見覚《おぼ》えのある、オレンジ色の帽子《ぼうし》をかぶった、水色の肌《はだ》のジェイスが薄気味《うすきみ》の悪《わる》い笑顔《えがお》を浮《う》かべてぼくたちを見つめていたのです。

第22話　大決戦

集《つど》いの牧場《まきば》で発見《はっけん》した円錐台《えんすいだい》の岩《いわ》の側面《そくめん》にある空洞《くうどう》に、次々と必要《ひつよう》なフィギュアを設置《せっち》したぼくたちが、ふと背後《はいご》を振《ふ》り返《かえ》ると、いつの間にかジェイスがどこからともなく姿《すがた》を現《あらわ》し、余裕《よゆう》の笑顔《えがお》でぼくたちを見つめていました。

「すぐ来いと言ったのに、ずいぶんのんびりしていたようだな。黒豚《ぶた》も含《ふく》めてフィギュアを6つも手に入れたところを見ると、おもちゃの館《やかた》に行っていたんだな。それにしても、何事もなくここまで戻《もど》って来られたのは大したもんだ。まったくロレンゾのやつ、こんな子供相手にしくじるだなんて、いったい何をやってるんだ。まあ、きっと今頃《ごろ》あのお方からきつい説教を受《う》けてるんだろうがね」

「そう言えば、ロレンゾもあのお方って言葉を使っていたけど、いったい誰《だれ》のことなんだい？その人はぼくたちに恨《うら》みでもあるの？」

マジックパークでの冒険《ぼうけん》を妨害《ぼうがい》されていることにどうしても納得《なっとく》がいかなかったぼくは、ジェイスを見すえてたずねました。

「ふふ、お前たちにはあのお方の壮大な計画を知る権利はないし、名前ですら知る必要《ひつよう》なんかないさ。どうせお前たちは、ここでぼくに倒《たお》されるわけだからね」

ジェイスはぼくたちをバカにするようにクスクスと笑い声を上げました。

「わたしたち、ゲームの世界で修行《しゅぎょう》してきたのよ。さっきあんたと会ったときとはもう別人《べつじん》なんだから」

ステラが怒《おこ》った調子《ちょうし》でジェイスをにらみつけました。

「それは楽《たの》しみだな。じゃあ、遠慮《えんりょ》なく戦わせてもらうよ」

ジェイスはそう言うと、不意《ふい》を打《う》つかのように手に持っていた杖《つえ》を振《ふ》って大声で叫《さけ》びました。

「フリジッド！」

すると、杖《つえ》からブリザードのような強烈《きょうれつ》な風が巻《ま》き起《お》こり、ステラの全身に吹《ふ》きつけました。そして、きょとんとした表情のままそれをまともに受《う》けたステラの体は、あっという間に凍《こお》りつき、まったく動かなくなってしまったのです。

「ステラ！よ、よくも……」

ディランは凍《こお》りついたステラの姿《すがた》を見て肩《かた》をわなわなと震《ふる》わせると、怒《いか》り狂《くる》ったように思いきり指揮棒《しきぼう》を振《ふ》り下ろしました。

「スランバ！」

「ふふ、バカめ。リバーバ！」

ジェイスが魔法《まほう》の杖《つえ》を振《ふ》ると、ディランは指揮棒《しきぼう》を地面に落《お》とし、両ひざをまげてゆっくりとうつむせに倒《たお》れると、そのまま眠《ねむ》りに落《お》ちてしまいました。

「ルーク。ジェイスは魔法《まほう》を跳《は》ね返《かえ》すことができるんだ。これだと下手に魔法《まほう》を使うこともできないね」

ジェイクが助《たす》けを求《もと》めるように、ぼくをじっと見つめました。

「ふふ、どこでどんな修行《しゅぎょう》をしてきたのかわからないけど、上級魔法《まほう》使いのぼくにかかったら、君たちはまだまだだね。さあ、2人とも覚悟《かくご》はいいね。苦しまないようにさっさと終わらせてあげるからね」

ジェイスはそう言うと、魔法《まほう》の杖《つえ》をすっと上に持ち上げました。

「この魔法《まほう》はすごく強力なんだ。なにせ、一瞬《いっしゅん》で敵《てき》の命を奪《うば》うことができるんだからね。ターミナ！」

ジェイスがそう叫《さけ》んだとき、ぼくは何もかもが終わる絶望感《ぜつぼうかん》を味《あじ》わいました。恐怖《きょうふ》で乾《かわ》ききったくちびるを野風にさらしながら、ぼくはすべてをあきらめ、そして状況《じょうきょう》を受《う》け入れるためにかたく目を閉《と》じたのです。

ところが驚《おどろ》くべきことに、しばらく経《た》ってもぼくの体には苦痛《くつう》が走るどころか、命を奪《うば》われたような感覚《かんかく》もなく、ただ目を閉《と》じたまま時間が経過《けいか》していくだけであるのがわかったのです。不思議《ふしぎ》に思ったぼくが勇気《ゆうき》を振《ふ》り絞《しぼ》って目を開けると、ジェイスが持っていたはずの魔法《まほう》の杖《つえ》が消えてなくなっていたのです。

「いったいどういうことなんだ。ぼくの杖《つえ》がいきなり姿《すがた》を消すだなんて」

ジェイスは気が動転したかのようにあとずさりしながら辺りをきょろきょろと見回しました。驚《おどろ》いたぼくが思わずぼくたちがしゃぼん玉から降《お》りた地点に目をやると、何とそこにもう1つ別《べつ》のしゃぼん玉があるのに気づきました。そして、まだそこから降《お》りたばかりと思われる、手に魔法《まほう》の杖《つえ》を持ったナンシーが、背筋《せすじ》をピンと伸《の》ばしながら長い髪《かみ》を風になびかせて、ゆっくりと、そして堂々《どうどう》とぼくたちの方に歩み寄《よ》って来るのが見えたのです。

「ナンシー！」

ぼくは嬉《うれ》しさのあまり、大声で叫《さけ》びました。

「ルーク、わたし、キーシャの厳《きび》しい訓練《くんれん》を無事《ぶじ》に乗《の》り切ったのよ。わたしがジェイスを倒《たお》してあなたたちを助《たす》けてあげるから、安心しなさい」

遠くから歩いていたはずのナンシーは、瞬間移動《しゅんかんいどう》したかのように、いつの間にかぼくたちの真横《よこ》に並《なら》び、ジェイスをにらみつけました。

「お前がぼくの魔法《まほう》の杖《つえ》を消した犯人だな。こんなことして、絶対《ぜったい》に許《ゆる》さないぞ！」

ジェイスは両こぶしを握《にぎ》り締《し》めて、腕《うで》をわなわなと振《ふ》るわせました。

「魔法《まほう》の杖《つえ》がなければあなたは無力だわ。さっきあなたが使ったような強大な魔法《まほう》は、杖《つえ》なしで使うことなんて不可能《ふかのう》ですもの。ステラを凍《こお》らせるだなんて、本当に許《ゆる》せないわ。覚悟《かくご》しなさい」

ナンシーは魔法《まほう》の杖《つえ》をゆっくりと振《ふ》り上げると、杖《つえ》の先端《せんたん》をジェイスに向《む》け、大声で叫《さけ》び声を上げました。

「フェイント！」

「ま、待《ま》て、そ、それは上級魔法《まほう》だぞ。じ、冗談だろ……」

恐怖《きょうふ》に震《ふる》えたジェイスはぼくたちに背《せ》を向《む》けると、全力で走って魔法《まほう》の射程範囲《しゃていはんい》から離《はな》れようとしました。しかし、ナンシーの魔法《まほう》はジェイスの全身をおおい、ジェイスはあっという間に意識《いしき》を失《うしな》い、その場に倒《たお》れてしまったのです。

「シャ……シャムロック様……」

謎の言葉を残《のこ》したまま、ジェイスは完全《かんぜん》に意識《いしき》を失《うしな》ってしまったようでした。

「わたし、人を痛《いた》めつけたりするのって大嫌《きら》いなの。だから、ジェイスを失神《しっしん》させる魔法《まほう》を使ったのよ。きっとしばらくジェイスは目を覚《さ》まさないから、今のうちにアニーのフィギュアとユラナスの王冠《おうかん》を取り返《かえ》しましょ」

ナンシーはそう言うと、おびえることもなく、倒《たお》れているジェイスの元へと移動《いどう》し、ポケットの中から白ウサギのフィギュアを取り出しました。

「王冠《おうかん》はきっとジェイスが集《つど》いの牧場《まきば》のどこかに隠《かく》したんだわ。ルーク、ジェイク、わたしはステラをどうにかするから、あなたたち、山頂《さんちょう》を徹底的《てってい》に探《さが》しなさい。絶対《ぜったい》に王冠《おうかん》を見つけるのよ」

ナンシーに言われるがままに、ぼくとジェイクは王冠《おうかん》を求《もと》めていそいそと集《つど》いの牧場《まきば》の一帯《いったい》を探《さが》し始めました。

「メルト！」

一方ナンシーはステラの体を覆《おお》いつくした氷を溶《と》かす魔法《まほう》を用い、その後ヒーラを唱《とな》えて、無事《ぶじ》にステラを救出《きゅうしゅつ》することに成功《せいこう》しました。

「ナンシー、やっと来てくれたのね。わたしを助《たす》けてくれてありがとう。あなたはわたしの命の恩人《おんじん》だわ。あのジェイスを倒《たお》しちゃうだなんて、本当に尊敬《そんけい》しちゃうわ」

ステラが感激《かんげき》したかのように、ナンシーの手をぎゅっと握《にぎ》りました。

「ナンシー、ステラ！ここに地面を掘《ほ》った穴《あな》がある。やっぱりだ！王冠《おうかん》が見つかったよ！」

地面を掘《ほ》った上に、抜《ぬ》けた牧草《ぼくそう》をかぶせた場所を発見《はっけん》したぼくは、その場所をジェイクと共《とも》にスコップで掘《ほ》り起《お》こすことで、中に埋《う》められていた王冠《おうかん》を取り戻《もど》すことができました。

「ルーク、王冠《おうかん》は私が預《あず》かっておくわ。あなたたちは今から次の遊具《ゆうぐ》で冒険《ぼうけん》に出発《しゅっぱつ》するのよ。ユラナスのところへ行くのはその後で大丈夫《だいじょうぶ》だわ」

ぼくが声のする方向《ほうこう》を振《ふ》り向《む》くと、なんとぼくたちの左側にはいつの間にかキーシャが立っていたのです。

「驚《おどろ》かなくてもいいのよ。私、ナンシーと一緒《いっしょ》にここに来たんだから。パフの弟に頼《たの》んで、しゃぼん玉に乗《の》ってきたのよ」

キーシャがいたずらっぽいほほ笑《え》みを浮《う》かべました。そして、魔法《まほう》の杖《つえ》をさっと振《ふ》り上げると、地面に倒《たお》れて眠《ねむ》っているディランに振《ふ》り下ろし、小さな声で魔法《まほう》を唱《とな》えたのです。

「アラウザ」

すると、すやすやと眠《ねむ》っていたディランは目を覚《さ》まし、ゆっくりと立ち上がりました。ぼくたちがこれまでのいきさつを説明《せつめい》すると、ディランはナンシーとキーシャに感謝《かんしゃ》し、地面から指揮棒《しきぼう》を拾《ひろ》い上げると、ステラを見つめて言いました。

「ステラ、アニーのフィギュアを空洞《くうどう》に入れてみて」

ステラは、こくっとうなずくと、最後《さいご》に1つだけ残《のこ》った白ウサギの形をした空洞《くうどう》に、ナンシーから受《う》け取ったアニーのフィギュアをゆっくりと押《お》し込《こ》みました。

「これで必要《ひつよう》なフィギュアはすべて空洞《くうどう》に収《おさ》まったね。いったい何が起《お》こるんだろう」

円錐台《えんすいだい》の岩《いわ》に近づいたぼくは、期待《きたい》に胸《むね》を膨《ふく》らませて状況《じょうきょう》を見守りました。アニーのフィギュアが収《おさ》まると、空洞《くうどう》はすぐにピンク色の光を発《はっ》し、アニーの耳がぴくぴくと動き出しました。

「すべての空洞《くうどう》がピンク色の光を発《はっ》しているね。でもこれだけじゃまだ何かが足りないのかな」

ジェイクが首《くび》をひねりました。すると、ナンシーが突然《とつぜん》何かを思い出したかのように大声を上げたのです。

「ステラ、かばんをチェックしてみて！もしピンクストーンが輝《かがや》いていたら、円錐台《えんすいだい》の岩《いわ》の上にのせるのよ」

急《いそ》いでかばんのチャックを開けたステラは、すぐさまピンクストーンを取り出しました。それは、空洞樹《くうどうじゅ》の洞窟《どうくつ》でエリスがぼくたちを助《たす》けてくれたときと同様に、キラキラと輝《かがや》いていたのです。ピンクストーンを両手のひらにのせたステラは、その美しさに見とれるようにしばらくそれをじっと見つめ、ふと我《われ》に返《かえ》ったかのようにそっと円錐台《えんすいだい》の岩《いわ》の上面の中心部にそれを置きました。

すると、側面《そくめん》の空洞《くうどう》に収《おさ》まっていた6種類《しゅるい》のフィギュアがピンク色の光に押《お》されて次々と空洞《くうどう》から飛《と》びだし、ピンクストーンが置《お》かれた円錐台《えんすいだい》の岩《いわ》の上方に浮遊《ふゆう》しながら集《あつ》まったのです。そして、ピンクストーンは岩《いわ》から50センチメートルほど上に集《あつ》まったフィギュアに向《む》けて強力な光を発射《はっしゃ》しました。光は6体のフィギュアをさらに上方へ押上《おし》げ、そこでそれぞれのフィギュアは本物の動物たちへと変身《へんしん》し、ぼくたちを囲《かこ》むように地面に降《お》り立ったのです。

「集《つど》いの牧場《まきば》へようこそ。ぼくの名前はラルフ。どうぞこれをお受《う》け取りください」

もこもこした毛で覆《おお》われた黒羊《ひつじ》がぼくたちの前に歩み出て、ステラに一枚の画用紙《がようし》を手渡《わた》しました。

「まあ！これ、わたしがマジックパークの入園審査《しんさ》のために描《えが》いて応募《おうぼ》した絵だわ！」

ステラは受《う》け取った絵画《かいが》をしばらくじっと眺《なが》めると、向《む》きを変《か》えてぼくたちに見せました。

「まあ、ステラ。何て美しくて細《こま》かい描写《びょうしゃ》なの。まるでプロの絵描《えか》きさんみたいだわ」

ナンシーは、ステラの絵に目を釘付《くぎづ》けにして見入っている様子でした。

「ぼくの名前はジョーイ。ただいまよりみなさんは、ステラ・コリンズによる絵画《かいが》作品『メルヘン広場』の世界をお楽《たの》しみいただきます。ステラ、ピンクストーンをかばんにしまって、円錐台《えんすいだい》の岩《いわ》の上に君の描《か》いた絵をかざしてくれるかい」

あごひげを蓄《たくわ》えた白ヤギが、わずかにあごを上向《うわむ》きにして、ステラにうながしました。ステラはまるで賞状《しょうじょう》を扱《あつか》うかのように絵の両端《はし》をピンと張《は》って持ちながら、少しずつ円錐台《えんすいだい》の岩《いわ》の方へと移動《いどう》しました。そして、岩《いわ》の手前で足を止めると、すっと前方に絵をかざしたのです。

すると、不思議《ふしぎ》なことに、ステラがかざした絵は、円錐台《えんすいだい》の岩《いわ》の上面から放出《ほうしゅつ》されたピンク色の円柱状《えんちゅうじょう》の光を受《う》けると、溶《と》けてゆく金属《きんぞく》のようにドロドロになり、グニャグニャと動きながら、鮮《あざ》やかなピンク色のカギへと姿《すがた》を変《か》えたのです。そして、いつの間にか円錐台《えんすいだい》の岩《いわ》の上面には、そのカギがぴったり合いそうなカギ穴《あな》ができ上がっていました。

「私はダーラよ。さあ、そのカギをカギ穴《あな》に差《さ》し込《こ》んで回してみて。わくわくの冒険《ぼうけん》があなたたちを待《ま》っているわ」

白と黒の模様《もよう》の大きな乳牛《にゅうぎゅう》がしっぽを左右に振《ふ》りながら、さらなる行動をうながしました。ステラがピンクのカギを差《さ》し込《こ》み、左側に回転《かいてん》させると、円錐台《えんすいだい》の岩《いわ》の上面が岩《いわ》に特有《とくゆう》の灰色《はいいろ》から薄《うす》いピンク色に変化《へんか》し、上面の固《かた》い岩《いわ》は、いつの間にかもくもくと渦巻《うずま》く霧《きり》のようなピンク色の気体へと姿《すがた》を変《か》えたのです。

「私はモリー。この霧《きり》の下に『メルヘン広場』があるのよ。実はちぎれたマグネティカ山の上部は空洞《くうどう》になっていて、その中が村になっているの。ただ、そのまま飛《と》び込《こ》んだら落下《らっか》してしまうから、私たちに乗《の》って移動《いどう》してね。キーシャ、私たちは準備《じゅんび》ＯＫよ」

　めんどりがキーシャにウィンクしました。

「ルーク、あなたは馬《うま》のウィルバーに乗《の》りなさい。ジェイク、あなたは白ヤギのジョーイよ。ステラ、あなたは乳牛《にゅうぎゅう》のダーラに乗《の》ってね。そして、ディラン、あなたは黒羊《ひつじ》のラルフがいいと思うわ。ナンシー、あなたはめんどりのモリーに乗《の》ってちょうだい」

　キーシャがてきぱきと指示《しじ》を出しました。

「めんどりなんかに乗《の》ったらつぶれてしまうわよ。かわいそうで、そんなことわたしにはできないわ」

　ナンシーがキーシャに反発《はんぱつ》するように言いました。

「大丈夫《だいじょうぶ》よ。今から私が魔法《まほう》で動物たちをルークが乗《の》る馬《うま》と同じくらいの大きさに変《か》えるわ。しかも、動物たちに乗《の》っている間は動物たちがあなたたちの体重《たいじゅう》をほとんど感《かん》じないように調整《ちょうせい》するわ」

　キーシャはそう言うと、魔法《まほう》の杖《つえ》をゆっくりと振《ふ》り上げ、すっと真下に下ろしました。すると、動物たちはすべてウィルバーという名のこげ茶色の馬《うま》と同程度《ていど》の大きさになり、ぼくたちが座《すわ》りやすいように、いつの間にかサドルまで設置《せっち》されていたのです
　ぼくたちがそれぞれの動物に乗《の》ると、キーシャは再《ふたた》び杖《つえ》を振《ふ》りました。すると、ぼくたちの頭《あたま》にヘルメットがかぶせられました。

「ルークたち、わたしを助《たす》けてくれてありがとう。キーシャ、わたしもルークたちと一緒《いっしょ》に『メルヘン広場』

に行かせてほしいわ。いいでしょ？」

白ウサギのアニーがキーシャを懇願《こんがん》するように見つめました。

「いいわよ。もう1つサドルを用意《ようい》するから、ルークの馬《うま》の後ろ側に乗《の》りなさい」

キーシャは杖《つえ》を振《ふ》り、ぼくの真後ろにもう1つサドルを用意《ようい》しました。アニーは嬉《うれ》しそうに白い歯を見せると、器用《きよう》にぴょんと飛《と》び上がり、馬《うま》の背《せ》に乗《の》りました。

「今回、わたしはここであなたたちが戻《もど》るのを待《ま》っているわ。さあ、楽《たの》しんでらっしゃい」

キーシャが動物たちに目で合図《あいず》すると、ぼくたちを乗《の》せた動物たちは、次々に岩《いわ》の上面にできたピンクの霧《きり》に向《む》かって進み始めたのです。

第23話　メルヘン広場

キーシャが指定《してい》した動物たちに乗《の》ったぼくたちは、いざメルヘン広場へ向《む》け、円錐台《えんすいだい》の岩《いわ》の上面に漂《ただよ》うピンク色の霧《きり》に向《む》かって進み始めました。ぼくとアニーが乗《の》るこげ茶色の馬《うま》ウィルバーは、先頭《せんとう》を切って岩《いわ》の手前までやってくると、後ろを振《ふ》り返《かえ》り、キーシャに目で合図《あいず》を送りました。それを見たキーシャは察知《さっち》したかのようにうなずくと、魔法《まほう》の杖《つえ》で大きく円を描《えが》く動きを見せたのです。

すると、円錐台《えんすいだい》の岩《いわ》はしゅわっという音を立ててぺちゃんこにつぶれ、地面と同じ高さになりました。そして、円形の霧《きり》はそのままじわじわと半径《はんけい》を広げ、動物たちが余裕《よゆう》を持って中に入れる大きさにまで広がったのです。

「ルーク、準備《じゅんび》はいいね。出発《しゅっぱつ》するよ！」

ウィルバーは、ぼくに声をかけると大声でいななき、そのまま勢《いきお》いよく霧《きり》の入り口の中に頭《あたま》から飛《と》び込《こ》みました。

「わあ、落《お》ちるー！」

マグネティカ山の上部が700~800メートルほどあることを理解《りかい》していたぼくは、恐《おそ》ろしさのあまり叫《さけ》び声を上げると、思いきりウィルバーにしがみつきました。ぼくの両手は汗《あせ》でびっしょりとぬれ、心臓《しんぞう》がどくどくと高鳴《たかな》ったのです。

「ルーク、怖《こわ》がることないわ。目を開けてごらんなさい。わたしたち、安定《あんてい》して飛行《ひこう》しているわ。しかも、この辺りに浮《う》かぶ雲《くも》ってすごくきれいよ」

ぼくの後ろに乗《の》っていたアニーがウィルバーにしがみつくぼくの背中《せなか》をトントンとたたきました。アニーのゆったりとした口調《くちょう》に少しほっとしたぼくは、勇気《ゆうき》を出して目を開けてみました。すると、ウィルバーはぼくたちがクローバーアイランドで乗《の》ったペガサス便《びん》のように、ゆうゆうと空を飛行《ひこう》していたのです。

「アニー、ほんとだ！ピンクの霧《きり》はもう晴れてしまったんだね。黄緑色や、黄色、水色の雲《くも》まである！わあ、すごくきれいだなあ」

空に浮《う》かぶ色とりどりの雲《くも》を眺《なが》めたとき、ぼくの心はその美しさに完全《かんぜん》に魅了《みりょう》され、いつまでもまじまじと見つめてしまいました。

「ルーク、ここに浮かぶ雲《くも》は、ただ色がきれいなだけじゃないんだよ。まあ、見てて」

ウィルバーは後ろを振《ふ》り向《む》くと、ナンシーが乗《の》っためんどりのモリーに目配《めくば》せしました。すると、モリーは前足で器用《きよう》に自分の美しい羽《はね》を一本引き抜《ぬ》くと、それを使ってパタパタとあおぎ始めたのです。

不思議《ふしぎ》なことに、羽《はね》はモリーがあおぐごとに少しずつ大きさを増《ま》し、いつの間にか青、緑、金色が混《ま》ざり合った見事な扇《おうぎ》へと変化《へんか》しました。

「ウィルバー、準備《じゅんび》できたわよ」

モリーは馬《うま》のウィルバーに向《む》かってそう言うと、ナンシーをのせたまま、右前脚《あし》で持った扇《おうぎ》をくるくると左右に回転《かいてん》させ、踊《おど》りを舞《ま》い始めました。空中でステップを踏《ふ》むモリーの動きはとても美しく、ぼくはまばたきするのも忘《わす》れて、その様子を注視《ちゅうし》したのです。

「雲《くも》が動いてる！ほら、ぼくたちの方にたくさん寄《よ》って来てるよ」

ジェイクがモリーの背後《はいご》から、もこもことぼくたちの方に近寄《よ》ってくる色とりどりの雲《くも》を指《ゆび》さしました。そして無数の雲《くも》はモリーから少し離《はな》れた位置《いち》でお互《たが》いにくっつき合い、どこまでも広がる虹《にじ》色のキルトのようになりました。

「わあ、すごい！雲《くも》の大陸《たいりく》みたいだわ。雲《くも》がくっついた後も元々の色は変化《へんか》しないのね。きれいだわ」

モリーの踊《おど》りに揺《ゆ》られながら背後《はいご》を振《ふ》り返《かえ》ったナンシーの目からは、感動《かんどう》のためか、涙《なみだ》が一筋《すじ》ほおを伝《つた》っていました。

「さあ、みんな。雲《くも》の上に移動《いどう》しよう」

ウィルバーが合図《あいず》を送ると、動物たちはみな、でき立てほやほやの雲《くも》の陸地《りくち》の上に向《む》かって空中を泳ぐように移動《いどう》していきました。

「この雲《くも》は魔法《まほう》がかかった特別《とくべつ》な綿素材《めんそざい》で作られているんだ。だから、君たちが乗《の》っても平気なのさ。さあ、降《お》りてごらん」

ディランが乗《の》った黒羊《ひつじ》のラフルにうながされたぼくたちは、おそるおそる美しい綿《わた》あめのような雲《くも》の上に降《お》り立ちました。雲《くも》の上はふわふわとしていながらも、とても丈夫《じょうぶ》で、ぼくたちの体重《たいじゅう》を見事に支《ささ》えたのです。

「ここで昼寝《ひるね》したら気持ちがいいんだろうな。鬼ごっこしても楽《たの》しいかもね」

ジェイクが嬉《うれ》しそうに雲《くも》の上で何度も飛《と》び跳《は》ねました。

「ふふ、もっと楽《たの》しいことがあなたたちを待《ま》っているのよ。モリー、お願《ねが》い」

ステラが乗《の》った乳牛《にゅうぎゅう》のダーラがめんどりのモリーが手に持つ扇《おうぎ》に目線を送りました。すると、モリーは扇《おうぎ》をすっと持ち上げ、にこっとほほ笑《え》むと、再《ふたた》び軽《かろ》やかに踊《おど》り始めたのです。ぼくは時間がたつもの忘《わす》れ、モリーの踊《おど》りに積極的《せっきょくてき》に意識《いしき》を傾《かたむ》けました。というのも、モリーの踊《おど》りはただ美しいばかりでなく、ジェイスとの戦いで疲《つか》れ切ったぼくたちの体力と精神《せいしん》力を回復《かいふく》させているようにも思えたからです。

モリーの踊《おど》りがついに終わり、彼女が頭《あたま》をぺこりと下げたとき、ぼくたちは自然《しぜん》と彼女に大きな拍手《はくしゅ》を送っていました。

「モリー、ありがとう。君の踊《おど》りを見ていたら、なんだか気分がすごくよくなってきたよ。疲《つか》れが一気に吹《ふ》き飛《と》んだ感《かん》じがするんだ」

ディランが両腕《うで》を上げて力こぶしを作りました。

「ねえ、あっち側の雲《くも》が傾《かたむ》いているわ。見に行ってみましょ」

後ろを振《ふ》り向《む》いたナンシーが突然《とつぜん》大きな声でぼくたちの後方を指《ゆび》さし、そのまま駆《か》け出しました。

「わあ！見て！雲《くも》が雪山みたいに地上に向《む》かって傾斜《けいしゃ》しているわ。まるでスキー場に来たみたい！」

ナンシーの興奮《こうふん》した声がぼくたちに届《とど》きました。ぼくたちが急《いそ》いで様子を見に行くと、ナンシーの言う通り、虹《にじ》のように様々な色彩《しきさい》を帯《お》びた雲《くも》のじゅうたんは、スキースロープのように地上に向《む》かって傾斜《けいしゃ》していたのです。それはまさにぼくたちが先ほど見た、ステラの描《か》いた絵の世界の一部分を再現《さいげん》したもののようでした。

「まさに虹《にじ》色のゲレンデだわ。ここを滑《すべ》り降《お》りたらさぞ気持ちいいことでしょうね」

ステラが体を前のめりにして、底《そこ》が見えないほどどこまでも続《つづ》く雲《くも》のスロープを見下ろしました。

「さあ、これで地上に降《お》りる準備《じゅんび》は整《ととの》ったわ。ラルフ、あなたの出番《でばん》よ。次の準備《じゅんび》をお願い」

モリーは金と緑、青の交じり合った美しい背中《せなか》の羽《はね》をカサカサと振《ふ》って黒羊《ひつじ》のラルフに合図《あいず》を送りました。

するとラルフの毛がみるみるうちに伸《の》び始め、地面まで垂《た》れると、彼は地面に座《すわ》り込《こ》み、4本の足を器用《きよう》に動かしながら職人のように見事なソリを作っていったのです。1つのソリが完成すると、それはラルフの体から自然《しぜん》にプツリと切れ、その作業《さぎょう》を繰《く》り返《かえ》すことによって、ラルフはあっという間にぼくたち5人分のソリを自《みず》らの羊毛《ようもう》で作り上げました。

「すごい！ちゃんとシートベルトと、安全バーまでついてる。器用《きよう》だわ」

ステラが真っ黒なふわふわのソリを見て目をキラキラと輝《かがや》かせました。

「ほらみんな、ぼくの作ったソリに乗《の》って！今からメルヘン広場に向《む》かって雲《くも》の丘《おか》を滑《すべ》り降《お》りるよ」

ラルフにうながされたぼくたちは、5つのソリを傾斜《けいしゃ》の手前に並《なら》べると、心を弾《はず》ませながら乗り込《こ》み、シートベルトを装着《そうちゃく》し、両手で安全バーを握《にぎ》りました。

「さあ、次は君の出番《でばん》だよ、ジョーイ」

ラルフの言葉にこくりとうなずいた白ヤギのジョーイは、一歩前に進み出るとにこっとし、大きな声でメーッと鳴《な》きました。するとぼくたちの乗《の》ったソリはふかふかの雲《くも》の丘《おか》をゆっくりと滑《すべ》り出し、動物たちは嬉《うれ》しそうに駆《か》けながら、ぼくたちの後を追ってきたのです。

その後、ぼくたちの乗《の》ったソリは、メルヘン広場に向《む》かって雲《くも》の丘《おか》をどこまでも滑《すべ》り続《つづ》けました。遊園地《ゆうえんち》のジェットコースターのような速度《そくど》で進むソリは、ぼくたちに暖《あたた》かく心地よい風を送り、ぼくの心は楽《たの》しさでいっぱいになりました。ぼくたちを喜《よろこ》ばせるためか、時々雲《くも》は下に大きくたわみ、いたずらっぽくバネのようにぼくたちを空中に突《つ》き上げました。そのたびにぼくたちは歓声《かんせい》を上げ、マジックパークの楽《たの》しさを十分に味《あじ》わったのです。

「あっ、地上が見えてきた！あれがメルヘン広場なんだね」

ぼくは下方に広がる緑豊《ゆた》かな草原《そうげん》を指《ゆび》さしました。大自然《しぜん》あふれる草原《そうげん》には、どうやらところどころに小道や建物《たてもの》も点在しているようでした。そして何よりもぼくの心をなごませたのは、草原《そうげん》を行きかいする様々な動物たちの姿《すがた》でした。

「ソリの速度《そくど》が弱まってきた。もうすぐ広場に到着《とうちゃく》するからだね」

ジェイクは自然《しぜん》と減速《げんそく》するソリに感心《かんしん》している様子でした。ぼくたちの乗《の》ったソリはさらに速度《そくど》を緩《ゆる》め、やがて徐行《じょこう》しながら、雲《くも》が地面と接《せっ》した部分でぴたりと動きを止めたのです。

シートベルトを外《はず》したぼくたちはソリから降《お》りると、メルヘン広場をさっと見渡《わた》しました。広場の草原《そうげん》には良い香《かお》りの花が咲《さ》き乱《みだ》れ、どこからともなく美しい歌声《うたごえ》まで聞こえてきました。

「ねえ、見て！この花、歌《うた》を歌《うた》ってるわ。なんてきれいな声なのかしら」

ナンシーが左右に揺《ゆ》れながら美しい歌《うた》を歌《うた》う赤紫色の花の一群《いちぐん》を指《ゆび》さしました。

「なんだかここは不思議《ふしぎ》な場所だね。眼鏡《めがね》をかけた羊《ひつじ》や、帽子《ぼうし》をかぶったロバまでいるよ」

ディランが驚《おどろ》きを隠《かく》せぬ様子で往来する動物たちをじっと見つめました。

「どうしよう。時間がない、時間がない。ああ、何を作って出せば満足《まんぞく》してもらえるかなあ」

「年に1度だけいらっしゃる大切なお客様だから、失礼《しつれい》のないように接《せっ》しないといけないわ」

慌《あわ》てふためきながら辺りをうろうろする動物たちの会話を耳にしたとき、ぼくの好奇心《こうきしん》はまたしても大きく膨《ふく》らんだのです。

第24話　献上《けんじょう》料理

雲《くも》のスロープを真っ黒な羊毛《ようもう》のソリで滑《すべ》り降《お》り、メルヘン広場に到着《とうちゃく》したぼくたちは、目の前をいそいそと動き回る動物たちが交わす会話に興味《きょうみ》をもち、動物たちに話しかけたい衝動《しょうどう》にかられました。

「そういえば、もうリンガの効果《こうか》はとっくに切れてもいいころなのに、わたしたちまだ動物たちの会話が理解《りかい》できるわね。どういうことかしら」

ナンシーが不思議《ふしぎ》そうに首《くび》をかしげました。

「ステラの絵画《かいが》の世界、メルヘン広場では、動物たちは人間の言葉を理解《りかい》できるという設定になっているのさ。赤紫の花が歌《うた》を歌《うた》うのも、絵に表現《ひょうげん》されていた通りだったでしょ」

ウィルバーの説明《せつめい》を聞いたナンシーは、納得《なっとく》するように何度もうなずきました。

「さっきの動物たち、何かを作るだとか、大切なお客さんが来たとか言ってたけど、すごく気になるよね。ぼく、話しかけてみようかな」

我慢《がまん》できなくなったぼくは、言葉を放《はな》つと足早に、眼鏡《めがね》をかけた緑色の毛の羊《ひつじ》と帽子《ぼうし》をかぶった黄色いロバの方に近づき、声をかけたのです。

「こんにちは。ぼくたち、マジックパーク初の来園客で、雲《くも》のスロープを滑《すべ》ってここまで来たんです。ちなみに、ぼくの名前はルーク・ガーナーです。あなたたちの会話が少し聞こえてきて、興味《きょうみ》を持ったのですが、何かお困《こま》りでしたら、ぼくたちでよろしければ相談《そうだん》に乗《の》りますよ」

ぼくは普段《ふだん》より少し丁寧《ていねい》な言葉づかいを心がけて、緑の羊《ひつじ》と黄色いロバを交互《こうご》に見ました。

「メルヘン広場へようこそ、ルーク。ここは自然《しぜん》があふれる理想郷《りそうきょう》のような場所なんだ。ぜひ、楽《たの》しんでいっておくれ。ところで、相談《そうだん》に乗《の》ってくれるっていうのは本当かい？君はなんて親切《しんせつ》な少年なんだ」

緑色の羊《ひつじ》が感謝《かんしゃ》を示してぺこりと頭《あたま》を下げました。

「実は、メルヘン広場には年に一度大切なお客様がいらっしゃるの。そのお客様は大変高位《たいへんこうい》な方で、私たちは毎年最高《さいこう》のおもてなしでその方をお迎《むか》えしているのよ。ただ、その方はとても美食家で、食事の味《あじ》にとても厳《きび》しい評価《ひょうか》をつけるの。去年私たちが出した食事にその方は満足《まんぞく》していただけなくて、帰り際《ぎわ》にこうおっしゃったの。もし、次にメルヘン広場を訪問《ほうもん》するときに、私たちがその方が納得《なっとく》するような食事を振《ふ》る舞《ま》うことができたら、料理を作った者の願《ねが》い事を1つだけかなえてくれるって」

黄色いロバは下を向《む》くと、ふうっとため息《いき》をつきました。

「その料理を作る方はもう決まっているんですか？」

ジェイクが2匹《ひき》の動物にたずねました。

「村で一番料理が得意《とくい》なのはここにいるグレイシーなんだ。私も料理人だから色々とアドバイスしながら2人でこの一年間献上《けんじょう》する料理を考案《こうあん》しようとしたのだが、あの方の厳《きび》しい基準をクリアできるとは到底《とうてい》思えないんだ。私もグレイシーもお願《ねが》い事は特《とく》にないからその点は気にしていないのだが、今年こそあのお方が気に入ってくれる料理を献上《けんじょう》したいという気持ちでいっぱいなんだ」

緑色の羊《ひつじ》が黄色いロバのグレイシーを自信《じしん》なさげな表情で見つめました。

「ムース村長も私たちに期待《きたい》しているみたいで、それも少し心苦しいの。この一年アモスと一緒《いっしょ》に研究《けんきゅう》を重ねてきたけれども、可能ならもっと料理が得意《とくい》な方に代わっていただきたいというのが本音よ」

グレイシーと緑色の羊《ひつじ》、アモスはもう一度呼吸《こきゅう》を合わせるようにふうっとため息《いき》をつきました。

「どんな願《ねが》い事でもかなえてくれるなんてすごいね！ねえ、誰《だれ》か挑戦《ちょうせん》してみたら？ぼく、素晴《すば》らしいお願《ねが》いを思いついたんだ」

ディランが目を輝《かがや》かせて言いました。

「どんなお願《ねが》い事を思いついたの？わたし、料理はそんなに得意《とくい》じゃないわ」

ナンシーが興味深《きょうみぶか》げにディランを見つめました。

「マジックパークでのぼくたちの冒険《ぼうけん》を誰《だれ》も邪魔《じゃま》できないようにさせてくださいって頼《たの》もうよ。そしたら、ジェイスやロレンゾは何も手を出せなくなるんじゃないかな」

「ディラン、それ、素晴《すば》らしい考《かんが》えだわ。あの人たち怖《こわ》すぎだものね。実はわたし、めちゃくちゃ料理に自信《じしん》があるの。なぜならわたしの両親《りょうしん》はラムズクウォーター村でレストランを経営していて、わたし、よくお店のお手伝《てつだ》いをするからよ。アモスさんにグレイシーさん！わたし、ステラ・コリンズっていうの。そのお客さんに献上《けんじょう》する料理、わたしに作らせてもらえないかしら」

ステラが茶目っ気たっぷりに、フライパンをさっと動かすような仕草《しぐさ》をしました。

「まあ、それは助《たす》かるわ。ぜひ、あなたの力を貸《か》していただきたいわ、ステラ。献上《けんじょう》する料理はムース村長の邸宅《ていたく》で作るのが慣例《かんれい》になってるの。さあ、こっちよ。ついて来て」

グレイシーはそう言うと、アモスと共《とも》に先頭《せんとう》に立って、ぼくたちをムース村長の邸宅《ていたく》へと導《みちび》いていったのです。

ところどころに美しい花が咲《さ》く、のどかで美しい草原《そうげん》の中の小道を歩いたぼくたちは、5分ほどでムース村長の邸宅《ていたく》に到着《とうちゃく》しました。ムース村長の家は立派《りっぱ》なレンガ造《づく》りで庭《にわ》も広く、建物《たてもの》も周囲《しゅうい》の住宅と比べると3倍ほどの大きさがありました。アモスが玄関《げんかん》のドアをトントンとノックすると、中から大きな角のヘラジカが現《あらわ》れました。

「やあ、アモスに、グレイシーじゃないか。献上《けんじょう》する料理はもう決まったのかい?さあ、中にお入り。うちの厨房《ちゅうぼう》を使って料理に取りかかっておくれ」

「ムース村長、私にはあの方が気に入るような料理を作る実力はありませんわ。ここにいるルークのお友達のステラが、私に代わって献上《けんじょう》する料理を作ってくれることになったんです」

グレイシーはそう言うと、ぼくたちを手招《てまね》きして厨房《ちゅうぼう》に案内《あんない》してくれました。

ムース村長はぼくたち一人一人をムース村長に紹介しました。ムース村長はぼくたちと握手《あくしゅ》を交わすと、

「君たちがマジックパーク初の来園客とは知らなかったよ。私たちの大切なお客様への献上《けんじょう》料理を作っていただけるとは本当にありがたいことだ。あのお方の笑顔《えがお》が見られれば、村の者たちはみんな幸《しあわ》せな気分で満たされることじゃろう。どうか、よろしく頼《たの》みますよ」

ムース村長は深々《ふかぶか》と頭《あたま》を下げると、ゆっくりとした歩調《ほちょう》で自室へと戻《もど》って行きました。

「さあ、料理を始めるわよ。あなたたちはわたしが指示《しじ》する食材《しょくざい》を用意《ようい》してね。料理は材料《ざいりょう》が一番大事なん

だから」

　ステラは真剣《しんけん》な顔《かお》つきで腕組《うでぐ》みすると、しばらく考《かんが》え込《こ》むように目をつぶり、突然《とつぜん》パッと目を開くとぼくたちに材料《ざいりょう》の指示《しじ》を出し始めました。

「まず、最高品質《さいこうひんしつ》の卵《たまご》が必要《ひつよう》だわ。アモス、グレイシー、村で一番高品質《ひんしつ》の卵《たまご》を用意《ようい》してちょうだい」

「最高品質《さいこうひんしつ》の卵《たまご》ですって？そんなの私が産《う》む卵《たまご》に決まってるわ」

　卵《たまご》という言葉に敏感《びんかん》に反応《はんのう》したのはめんどりのモリーでした。モリーはさっとその場に座《すわ》り込《こ》むと、周辺に響《ひび》き渡《わた》る声でコケコッコーと鳴《な》き、つややかでとても大きな金色の卵《たまご》を産《う》み落《お》としました。

「まあ、モリー、素敵《すてき》だわ。本当にありがとう。次に上質《じょうしつ》の牛乳がほしいわ。誰《だれ》か用意《ようい》できるかしら」

「牛乳だったらダーラに頼《たの》むのがいいよ」

　馬《うま》のウィルバーが、ぼくたちが集《つど》いの牧場《まきば》からメルヘン広場へ移動《いどう》するとき、ステラが乗《の》っていた乳牛《にゅうぎゅう》のダーラに目線を向《む》けました。

「私の牛乳でよければ、喜《よろこ》んで提供《ていきょう》するわ。さあ、容器《ようき》を用意《ようい》して」

　ぼくたちが厨房《ちゅうぼう》に置いてあった木桶《きおけ》を手渡《わた》すと、ステラはダーラから必要《ひつよう》な分の牛乳を絞《しぼ》り取り、厨房《ちゅうぼう》の台の上に載《の》せました。

「あとは最高級《さいこうきゅう》の小麦粉《こむぎこ》と色々な果物《くだもの》を用意《ようい》してほしいの。お砂糖《さとう》や塩はここにあるものを用いるわ」

　ステラが期待《きたい》を寄《よ》せる目でぼくたちを見つめました。

「その役、ぼくに任《まか》せてもらえないかな。ルーク、ディラン、君たちも材料《ざいりょう》を運《はこ》ぶのを手伝《てつだ》ってくれるかい？」

　名案《めいあん》を思いついたのか、ジェイクの目はキラキラと輝《かがや》いているようにみえました。

「ジェイク、どういうこと？最高級《さいこうきゅう》の小麦粉《こむぎこ》や果物《くだもの》なんてどこに売ってるんだい？」

　わけがわからくなり混乱《こんらん》したぼくは、ジェイクに説明《せつめい》を求《もと》めました。

「まあいいから、ぼくにすべて任《まか》せておいて。さあ、2人とももう少しぼくに近寄《よ》って」

「ちょっと待《ま》って。わたしも連《つ》れて行ってちょうだい。わたし、ステラが何を作ろうとしているのかわかったわ。ステラ、わたしがすごくいい物を取って来てあげるから楽《たの》しみにしていてね」

　ナンシーは意味深《いみぶか》げにステラにウィンクすると、ぼくたちのいる場所に近づいてきました。するとジェイクは大声で「マーカ！」と叫《さけ》び、ぼくたちをどことも知れぬ場所へと瞬間移動《しゅんかんいどう》させたのです。

　それから約30分後、ぼくとジェイク、ディラン、ナンシーは必要《ひつよう》な材料《ざいりょう》をすべてそろえ、ステラの待《ま》つメルヘン広場のムース村長宅へと戻《もど》って来ました。

「ほら、ステラ。必要《ひつよう》なものは全部持ってきたよ。ナンシーから聞いたけど、パンケーキを作るつもりなんでしょ。さあ、これを使って料理を始めて」

　ぼくはステラに小麦粉《こむぎこ》と、様々な種類《しゅるい》の果物《くだもの》、そして獲《と》れたてのはちみつを差《さ》し出しました。

「まあ、みんなありがとう！でもいったいどうやって材料《ざいりょう》を調達《ちょうたつ》してきたの？」

　ステラが目を丸くしてたずねました。

「ジェイクの考《かんが》えで、まずぼくたちはパーカーさんの農場《のうじょう》に戻《もど》って、果物《くだもの》をたくさん提供《ていきょう》してもらったんだ。

小麦粉《こむぎこ》はムーアさん夫婦の協力《きょうりょく》で、最上質《さいじょうしつ》のものをもらうことができたってわけさ」

ディランは自慢《じまん》げにそう言うと、ジェイクの肩《かた》をトンとたたきました。

「このはちみつは？」

「パンケーキにははちみつが欠かせないでしょ。わたしたち、桃色バチの巣《す》に行ってはちみつをたっぷり取ってきたの。木の下にまた灰色《はいいろ》グマがいて怖《こわ》かったけど、ディランがスランバの魔法《まほう》を使ってクマを眠《ねむ》らせてくれたおかげで、前回よりだいぶ楽《らく》にはちみつを集《あつ》めることができたわ」

ナンシーはかばんの中からクマのぬいぐるみを取り出すと、それをぎゅっと抱《だ》きしめました。

「あと、ステラがパンケーキを作るって話をしたら、エミリアさんがこれを混《ま》ぜるといいって、ぼくたちにくれたんだ」

ぼくはそう言うと、ステラに野生米で作られた切り餅《もち》を1つと、ソース用のマカダミアナッツを1袋《ふくろ》手渡《わた》しました。

「まあ、ありがたいわ！あなたたち、天才ね。おかげで最高《さいこう》の材料《ざいりょう》がそろったわ。さあ、あとはわたしの料理の腕前《うでまえ》をしっかりと見ててちょうだい」

ステラはそう言うと、そろえた材料《ざいりょう》を次々に使用し、慣《な》れた手つきで料理をし始めました。調理《ちょうり》が進むにつれ、厨房《ちゅうぼう》にはとても良い香《かお》りが充満《じゅうまん》し、お腹《なか》が空いてきたぼくは、口の中で唾液《だえき》が増《ふ》えていくのがわかりました。パンケーキを焼き終えたステラは、フライパンから美しいお皿にそれを移《うつ》すと、その上に細《こま》かく刻《きざ》んだ果物《くだもの》を美しく飾《かざ》りつけ、桃色バチのはちみつとマカダミアナッツソースをそれぞれ別《べつ》の容器《ようき》に注《そそ》ぎました。

「さあ、完成したわ」

ステラは額《ひたい》の汗《あせ》をタオルでぬぐうと、できあがったパンケーキをぼくたちに披露《ひろう》しました。ほどよく焦《こ》げ目のついたパンケーキのかぐわしい香《かお》りと飾《かざ》りつけの美しさに、ぼくたちは一斉《いっせい》に拍手《はくしゅ》をし、ステラの成果《せいか》をたたえたのです。

第25話　訪問《ほうもん》客の正体

年に一度メルヘン広場を訪《おとず》れる大切なお客様に献上《けんじょう》する料理を完成させたぼくたちは、さっそく自室で待機《たいき》していたムース村長に報告《ほうこく》し、でき上がったパンケーキを見てもらいました。

「なんと素晴《すば》らしい香《かお》りじゃ。豊富《ほうふ》な果物《くだもの》を使った飾《かざ》りつけも芸術《げいじゅつ》の域《いき》に達しておる。これならきっとお客様も喜《よろこ》んでくれるであろう。お客様はメルヘン広場の離《はな》れにある特別《とくべつ》茶室でお待《ま》ちじゃ。この村に住む動物たちもみな、お客様の評価《ひょうか》を聞くために今頃《ごろ》茶室の前に集《あつ》まっているはずだ。さあ、さっそくこのパンケーキを献上《けんじょう》しに行こう」

ムース村長によると、マグネティカ山内部に位置《いち》するメルヘン広場という村の中にはそれと同名の広場があり、広場内の池の中央に建《た》てられた茶室がそのお客様をもてなす場として長年使われているとのことでした。広場はムース村長宅を出てすぐの場所にあり、献上《けんじょう》の様子を見学するために、村中の動物たちがすでにひしめき合っていました。

「素敵《すてき》な池ね。蓮《はす》の花がたくさん咲《さ》いていて、すごく落《お》ち着《つ》いた気分になれるわ」

ナンシーが見事に咲《さ》き誇《ほこ》る蓮《はす》の花を、うっとりとした表情で見つめました。

「さあ、この橋を渡《わた》ったら茶室だ。食事は私が1人で献上《けんじょう》しに行くから、君たちは他の動物たちと共《とも》にここで待《ま》っていておくれ。食事が終わったら、お客様はみなの前に姿《すがた》を現《あらわ》し、食事の評価《ひょうか》を下していただけることになっておるんじゃ」

ムース村長はそう言うと、台車に載《の》せたパンケーキを押《お》しながら、茶室へと向《む》かう橋を渡《わた》っていきました。

「なんだか緊張《きんちょう》するわ。お客様が食事を気に入ってくれるといいんだけど」

ステラが張《は》り詰《つ》めた表情で橋の向《む》こう側にある茶室を眺《なが》め、祈《いの》るように両手を組み合わせました。

村長は橋を渡《わた》り切ると、茶室の扉《とびら》をトントンと軽《かる》くノックし、会釈《えしゃく》をしたのちガラガラと引き戸を開けるとそのまま台車を押《お》しながら茶室内に入っていきました。そして、再《ふたた》び引き戸をゆっくりと閉《し》めると、それまでガヤガヤしていた動物たちがぴたりとおしゃべりをやめ、辺りはしーんと静まり返《かえ》ったのです。

ムース村長が茶室に入ってから15分ほどが過《す》ぎ、ぼくたちが手に汗《あせ》を握《にぎ》りながら結果《けっか》を今か今かと待《ま》ちわびていると、ようやく茶室の引き戸が開き、中からムース村長がゆっくりと出てきました。ムース村長の目には大粒《おおつぶ》の涙《なみだ》が浮《う》かび、それを見たぼくは心が締《し》めつけられるように苦しい気分になりました。

ムース村長はそのままゆっくりと橋を渡《わた》り、ぼくたちが動物たちと共《とも》に待《ま》っている場所までやって来ました。そして、コホンと一度咳《せき》ばらいをすると、にっこりと笑ってぼくたちにお客様の評価《ひょうか》を伝《つた》えたのです。

「フィア様は私たちの献上《けんじょう》した料理を大いに気に入ってくださった。今から、みなの前に姿《すがた》を現《あらわ》し、調理者《ちょうりしゃ》ステラの願《ねが》い事を1つかなえてくれるとのことだ」

ムース村長の発表《はっぴょう》を聞いたとき、ぼくは嬉《うれ》しさのあまり胸《むね》が熱くなり、両こぶしを握《にぎ》ったまましばらくその場に立ちつくしていました。周囲《しゅうい》では動物たちによる歓声《かんせい》や拍手《はくしゅ》が飛《と》び交《か》い、ジェイクはガッツポーズをし、ディランは大声で喜《よろこ》びの雄《お》たけびを上げ、ステラとナンシーは向《む》かい合って両手をつなぎながら満面《まんめん》の笑顔《えがお》で何度も飛《と》び跳《は》ねていたのです。

ぼくが喜《よろこ》ぶステラにねぎらいの言葉をかけようと足を踏《ふ》み出したとき、突然《とつぜん》茶室の引き戸がガラガラと開く音が聞こえてきました。辺りは再《ふたた》び静寂《せいじゃく》に包まれ、ぼくは訪問《ほうもん》客の姿《すがた》を想像《そうぞう》しながら緊張《きんちょう》の面持《おもも》ちで茶室の入り口に視線《しせん》を向《む》けたのです。

中から出てきた訪問《ほうもん》客の姿《すがた》を目の当たりにしたとき、ぼくは唖然《あぜん》としてしまいました。なぜなら、その訪問《ほうもん》客は、ぼくが想像《そうぞう》していたイメージとは大きく異《こと》なっていたからです。

「まあ、かわいい！ねえ、お願《ねが》いだからわたしと一緒《いっしょ》に写真《しゃしん》を撮《と》ってちょうだい！」

興奮《こうふん》したステラが大声を上げました。

「ステラ、がまんして。そんなことでお願《ねが》いを使っちゃったら、ぼくたちの本来のお願《ねが》いを聞いてもらえなくなっちゃうじゃないか」

ぼくは、たしなめるようにしーっと唇《くちびる》に人差《ひとさ》し指《ゆび》を当てました。

「だってあのクロネコ、めちゃくちゃかわいいんだもの。ああ、わたしマジックパークに来て本当によかったわ」

　ステラの目は、中から出てきた首《くび》に赤いリボンをつけたクロネコに釘付《くぎづ》けになっているようでした。茶室の入り口から出てきた気品《きひん》が漂《ただよ》うクロネコは、ゆっくりと橋を渡《わた》り、橋の中央ぐらいで立ち止まると、ぼくたちの方をじっと見てゆっくりと話し始めました。

「今日はメルヘン広場に来て本当によかったわ。あなたたちがこんなに美味《おい》しいものを献上《けんじょう》してくれて、最高《さいこう》の気分が味《あじ》わえたもの。マカダミアナッツソースと、今までわたしが味《あじ》わったことのない最高《さいこう》のはちみつとの調和《ちょうわ》も完璧《かんぺき》だったし、もちもちしたパンケーキと新鮮《しんせん》な果物《くだもの》も踏《ふ》まえて、料理人に満点の評価《ひょうか》を与えるわ。さあ、料理を作った者はわたしのところにいらっしゃい。願《ねが》い事を1つかなえてあげるわ」

　フィアと呼《よ》ばれたクロネコはそう言うと、右前足で手招《てまね》きをしました。

「ああ、わたしどうしてもあのネコちゃんと写真《しゃしん》を撮《と》りたいわ。でもがまんね。ジェイスやロレンゾみたいな悪者にこれからも邪魔《じゃま》され続《つづ》けたら、マジックパークでの遊《あそ》びが楽《たの》しめないもの」

　ステラはふうっと息《いき》を吐《は》くと、意《い》を決《けっ》したようにフィアの方に向《む》かって歩き始めました。

「あ、あの。ちょっといいですか？」

　ステラが数歩進んだとき、突然《とつぜん》後ろからぼくたちの周りにいた動物のうちの1匹《ぴき》がステラに声をかけました。

　ステラが立ち止まって後ろを振《ふ》り返《かえ》ると、そこには小さな黒豚《ぶた》の子供が涙《なみだ》をぽろぽろと流しながらステラの方に駆《か》け寄《よ》ってきたのです。

「ぼくのパパ、前に友人たちに会いに行くと言って集《つど》いの牧場《まきば》に行ったきり、ずっと帰ってこないんです。ぼく、悲しくて悲しくて毎日泣いてばかりでした。こんなこと頼《たの》んだらずうずうしいかもしれませんが、どうかぼくのパパをここに戻《もど》してほしいとお願《ねが》いしてくれませんか」

黒豚《ぶた》の子供は肩《かた》をわなわなと震《ふる》わせながら涙目《なみだ》でステラを見つめました。ステラは哀《あわ》れむような表情でしばらくその様子を眺《なが》めると、突然《とつぜん》はっとしたようにかばんを開け、中から黒豚《ぶた》のフィギュアを取り出し、それを黒豚《ぶた》の子供にすっと差《さ》し出しました。

「あっ、パパ！これ、パパにそっくりだ！いったいどういうこと？」

ステラは返事《へんじ》をせずにフィギュアを右の手のひらでぎゅっと握《にぎ》り締《し》め、向《む》きを変《か》えると、背筋《せすじ》をピンと伸《の》ばしたまま、ゆっくりとフィアの方へむかって歩き始めました。そして、フィアの待《ま》つ橋の中央まで来ると、きりりとした表情で言ったのです。

「このフィギュアを元の状態《じょうたい》に戻《もど》してほしいの」

「ステラ……」

ステラの勇気《ゆうき》ある行動にぼくは感動《かんどう》し、胸《むね》に熱いものがこみ上げてきました。ぼくがさっと脇《わき》をみると、ナンシーのほおから涙《なみだ》がとめどなく流れているのが見えたのです。

「あなた、優《やさ》しいのね。いいわ、その願《ねが》い事かなえてあげる」

フィアはそう言うと、青い目をキラリと輝《かがや》かせました。すると不思議《ふしぎ》なことに、ステラの手のひらの上にのっていた黒豚《ぶた》のフィギュアが宙《ちゅう》に浮《う》かび上がり、そのままゆっくりと地面に着地《ちゃくち》すると、みるみるうちに大きさを増《ま》し、本物の黒豚《ぶた》になったのです。

「ラリーさんだ！ラリーさんが戻《もど》ってきたぞ！」

ぼくの近くにいたアモスが驚《おどろ》いた様子で叫《さけ》びました。するとその声をきっかけに、広場は止まぬ拍手《はくしゅ》と歓声《かんせい》に包まれたのです。

無事《ぶじ》に再会を果《は》たし、大粒《おおつぶ》の涙《なみだ》を流しながら抱《だ》きしめ合う黒豚《ぶた》の親子《おやこ》の姿《すがた》を見たとき、ぼくはステラの勇気《ゆうき》ある判断《はんだん》に心から敬意《けいい》を抱《いだ》き、それとともに、ぼくのほおを熱いものが伝《つた》いおりていくのがわかりました。

「あなたの行動は本当に立派《りっぱ》だと思うわ、ステラ。あなたには絵の才能《さいのう》があるだけでなく、マジックパークに招《まね》かれるべき資質《ししつ》が元々備《そな》わっていたのね」

フィアが透き通るような青い目でステラの顔《かお》を見すえました。

「フィア、あなたはなぜわたしの名前を知っているの？いったいあなたは何者なの？」

ステラが早口にたずねました。

「わたしには何でもお見通しよ。なぜなら、わたしはマジックパークを建《た》てた魔女《まじょ》の飼《か》い猫なんだもの」

フィアの言葉を聞いたステラは、ぶるっと身震《みぶる》いすると口をぽかんと開け、しばらくフィアを崇《あが》めるように見つめていました。

「あなた、さっきわたしと写真《しゃしん》を撮《と》りたいって言ってたわね。本当は、お願《ねが》い事は1つしかかなえてあげられないんだけど、あなたの勇気《ゆうき》と優《やさ》しさを評価《ひょうか》して、特別《とくべつ》にその願《ねが》いをかなえてあげるわ。でもその前に、あなたが絵の中で表現《ひょうげん》した『クロネコメリーゴーランド』を仲間《なかま》たちと一緒《いっしょ》に楽《たの》しんでらっしゃい」

フィアはそう言うと、青い両目を再《ふたた》び輝《かがや》かせ、そこから2本の光線を発《はっ》しました。その光線はぼくたちの頭上《ずじょう》を抜《ぬ》け、広場の奥《おく》でガスのように広がりながらネコの形をした5つの半透明《はんとうめい》の乗《の》り物に形を変《か》え、徐々《じょじょ》に黒い色味《いろみ》を増《ま》していきました。数分を経《へ》て完成したクロネコのメリーゴーランドは地面にふわっと着地《ちゃくち》すると、そこから遊園地《ゆうえんち》を思わせる楽《たの》しさあふれる音楽《おんがく》が鳴《な》り響《ひび》いたのです。

「ステラ、用意《ようい》ができたわよ。ルークたちと一緒《いっしょ》にお乗《の》りなさい」

「ありがとう、フィア。『クロネコメリーゴーランド』まで再現《さいげん》してくれるだなんて思わなかったわ」

ステラはフィアのほおにキスするとさっと振《ふ》り返《かえ》り、満面《まんめん》の笑顔《えがお》でぼくたちの方に駆《か》け寄《よ》ってきました。

そして、ぼくたちについてくるように目で合図《あいず》すると、そのまま先頭《せんとう》を切ってクロネコメリーゴーランドに向《む》かって風を切るように走り出したのです。

あわててステラの後を追ったぼくたちは、動物たちが注目《ちゅうもく》する中、クロネコの形をしたメリーゴーランドにたどり着《つ》き、ステラの行動をまねるように、順々《じゅんじゅん》に5匹《ひき》のクロネコの背中《せなか》に乗《の》りました。安全ベルトを装着《そうちゃく》すると、自然《しぜん》にぼくたちの頭《あたま》にはヘルメットがかぶさりました。それを確認《かくにん》したクロネコたちは、声高らかにニャーッと鳴《な》くと、まるで本物のメリーゴーランドのように、音楽《おんがく》に合わせて上下しながらゆっくりと回転《かいてん》し始めたのです。

第26話　クロネコメリーゴーランド

ステラの絵画《かいが》『メルヘン広場』に描《か》き表された『クロネコメリーゴーランド』に乗《の》ったぼくたちは、楽《たの》しさあふれる音楽《おんがく》に合わせて上下するクロネコのアトラクションを、すがすがしく吹《ふ》く風を浴《あ》びながら満喫《まんきつ》しました。今までの試練《しれん》をすべて忘《わす》れさせてくれる心地よさにぼくが酔《よ》いしれていると、5匹《ひき》のクロネコが一斉《いっせい》にニャーッと鳴《な》きました。すると、回転《かいてん》するメリーゴーランドの周辺の草地《くさち》から無数のチューリップがにょきにょきと茎《くき》をのばし、赤や黄色、ピンク、紫、青、オレンジ色の花を咲《さ》かせると、左右に揺《ゆ》れながら背景《はいけい》の音楽《おんがく》に合わせて合唱《がっしょう》し始めたのです。

「まあ、きれい。それにお花たちの歌声《うたごえ》もすごく素敵《すてき》だわ。メルヘン広場って楽園《らくえん》のような場所なのね」

ナンシーは嬉《うれ》しそうにそう言うと、歌《うた》と音楽《おんがく》に合わせてわずかに肩《かた》と頭《あたま》を左右に動かしました。

「ああ、楽《たの》しい。ぼく、いつまでもこのメリーゴーランドに乗《の》っていたいよ」

ジェイクが目を細《ほそ》めてにっこりとしました。

ぼくたちがチューリップたちの美しい歌声《うたごえ》に酔《よ》いしれ、この状態《じょうたい》が永遠《えいえん》に続《つづ》いてほしいという気持ちを募《つの》らせ始《はじ》めたころ、ついに合唱曲《がっしょうきょく》は終了し、辺りに静寂《せいじゃく》が訪《おとず》れました。この楽《たの》しさがもう終わってしまうのかと少し切ない気分がぼくの心をよぎったそのとき、5匹《ひき》のクロネコは静寂《せいじゃく》を打ち破《やぶ》るかのように再《ふた》びニャーッと鳴《な》き声を上げたのです。

すると不思議《ふしぎ》なことに、ぼくたちの周辺を覆《おお》いつくしていた美しいチューリップの花がすっと消え、代わりに緑の草《くさ》が生《お》い茂《しげ》り始めました。ぼくたちが目を丸くしてその様子を凝視《ぎょうし》していると、草《くさ》の中からぴょんぴょんとバッタや鈴虫《すずむし》、コオロギなどが飛《と》び跳《は》ねているのがわかりました。そして信《しん》じがたいことに、虫たちは跳《は》ねるたびに少しずつ大きさを増《ま》し、体長50センチメートルほどにまで到達《とうたつ》すると、草《くさ》の中に隠《かく》れていた小さなバイオリンやフルート、チェロなど様々な楽器《がっき》を手に取り、ピアノの伴奏《ばんそう》とともにオーケストラの演奏《えんそう》を始めたのです。

物語のように展開《てんかい》する虫たちの演奏《えんそう》はとても迫力《はくりょく》があり、夏の生き物の強さが伝《つた》わってきました。そして、ぼくたちの心をさらに癒《いや》したのは、曲《きょく》に合わせて飛《と》び交《か》う美しいチョウやトンボ、そしてピンクがかった透明《とうめい》の羽《はね》をしたセミたちのダンスでした。ぼくはまるで貸し切りの屋外劇場《げきじょう》に招待《しょうたい》された特別《とくべつ》ゲストになったかのような気分になり、この感動《かんどう》を忘《わす》れることは生涯《しょうがい》ないだろうと思いました。

心地よく響《ひび》く虫たちによる演奏《えんそう》とダンスもやがて終焉《しゅうえん》を迎《むか》え、ぼくが目をつぶってこの楽《たの》しみがもっと続《つづ》いてほしいと心の中で神様にお願《ねが》いすると、ぼくたちを乗《の》せた5匹《ひき》のクロネコがタイミングよくニャーッと鳴《な》き声を発《はっ》しました。

すると、先ほどと同様に、虫たちは伸《の》びた草《くさ》とともに姿《すがた》を消し、代わりに少し遠方にたくさんの樹木《じゅもく》が密集《みっしゅう》して生えてきました。樹木《じゅもく》の数は高さを伸《の》ばしながらどんどん増《ふ》え、いつの間にか大きな森になったのです。森の木々は、まるでぼくたちに挨拶《あいさつ》するかのように、そよ風にさらされながら濃い緑色の葉を振動《しんどう》させると、徐々《じょじょ》に色を変化《へんか》させていきました。そして、赤、黄色、オレンジ、茶色が混《ま》ざり合う見事な紅葉の風景《ふうけい》を作り出すと、再《ふたた》び風の力を利用して色とりどりの葉を舞《ま》わせ、ぼくたちの周辺の地面を覆《おお》いつくしたのです。

「わあ、きれいな紅葉だなあ。葉が散《ち》る様子もすごくきれいだし、地面もふかふかのじゅうたんみたい。ああ、なんて幸《しあわ》せなんだろう」

ディランが感嘆《かんたん》の声を上げました。

「メリーゴーランドに乗《の》りながら、春、夏、秋の自然《しぜん》の美しさを楽《たの》しめるだなんて最高《さいこう》だわ。ということは、ひょっとして次は……」

ナンシーが言葉を言い切る前に、クロネコたちは一段《だん》と大きな声でニャーッと鳴《な》きました。すると、紅葉の風景《ふうけい》は色あせながら徐々《じょじょ》に半透明《はんとうめい》化し、やがてすっと姿《すがた》を消しました。ぼくがクロネコに乗《の》りながら次に現《あらわ》れる光景《こうけい》を今か今かと待《ま》ち望んでいると、突然《とつぜん》辺りが真っ暗闇《くらやみ》になりました。ぼくが恐怖《きょうふ》心のあまり、思わずクロネコの背中《せなか》にしがみついたちょうどそのとき、上空から光が降《ふ》り注《そそ》ぐのに気づきました。ぼくがおそるおそる空を見上げると、なんと光の正体は夜空を埋《う》めつくす満点の星々だったのです。

「まあ、空が星だらけだわ。メリーゴーランドに乗《の》りながら星が鑑賞《かんしょう》できるだなんて、なんてぜいたくなのかしら」

ナンシーが、幸《しあわ》せに満《み》ちた声で言いました。

「ねえ、あそこに緑色のガスみたいなのが広がってるよ。あれ、オーロラじゃないのかな」

ジェイクが夜空に漂《ただよ》う幻想《げんそう》的な光の筋《すじ》を指《ゆび》さしました。

「ねえ、見て！なんだか星がこっちに近づいてきているように見えるわ。ほら、きっと星が降《ふ》ってきているのよ！わたしがイメージしていたクロネコメリーゴーランドそのものだわ！」

ステラが嬉《うれ》しそうに降《ふ》り注《そそ》ぐ星を見上げました。目を凝《こ》らしてみると、次々に地面に降《ふ》り注《そそ》ぐ星のような物質《ぶっしつ》の正体は、蛍光《けいこう》色を帯《お》びた黄色や緑、ピンク色の雪のような物質《ぶっしつ》で、徐々《じょじょ》にぼくたちの周りの地面を覆《おお》いつくしていったのです。地面はあっという間に幻想《げんそう》的なイルミネーションとなり、上空に輝《かがや》く星とともに、ぼくたちの心を今まで味《あじ》わったことのない幸福感《こうふくかん》で満たし続《つづ》けました。

「ぼく、この瞬間《しゅんかん》を一生忘《わす》れないと思う。マジックパークって、何て素晴《すば》らしい場所なんだろう！」

ぼくは感動《かんどう》のあまり、自然《しぜん》と目に涙《なみだ》があふれるのを感《かん》じました。ちらっと振《ふ》り返《かえ》ってみると、仲間《なかま》たちもぼくと同様に幸福感《こうふくかん》のためか、ほおから涙《なみだ》がつたっているのが見えました。

ぼくたちが、この世の物とは思えぬほどの自然美《しぜんび》を味《あじ》わっていると、5匹《ひき》のクロネコたちの移動速度《いどうそくど》が徐々《じょじょ》に減速《げんそく》し、やがて徐行速度《じょこうそくど》に切り替《か》わると、ゆっくりと長めにニャーーッと鳴《な》きました。すると、ぼくたちの目の前は再《ふた》び真っ暗になり、まるで眠《ねむ》りの世界にいざなわれるかのように、ぼくはそのまま意識《いしき》を失《うしな》ってしまったのです……

「今日はすごくいい天気ね。ねえ、午前中はひなたぼっこしながら、みんなでお話しましょ。今日はメルヘン広場からラリーさんが遊《あそ》びに来てくれたのよ。ランチを食べたら午後はラリーさんも交《まじ》えて合唱《がっしょう》の練習《れんしゅう》をしましょ。」

「いい考《かんが》えだね、アニー。ラリーさん、下の世界の事、色々と教えてくださいね。ああ、今日も平和《へいわ》だな。ここはぼくたちだけの楽園《らくえん》だもの」

「そうね、ウィルバー。マグネティカ山の磁力《じりょく》のおかげで、ここにはマーカの魔法《まほう》を使ったとしても誰《だれ》も近づけないものね。しゃぼんトカゲのしゃぼん玉を使えば別《べつ》だけど、きっとそんなこと知っている人間はほとんどいないだろうし、しゃぼんトカゲの居場所《いばしょ》なんて誰《だれ》にも見つけられるわけがないものね」

「そうだね。ここはゴールドフィンチ島でもっとも安全な場所なんだ。さあ、昨日の話の続《つづ》きを楽《たの》しもう」

「アニー、ウィルバー、大変《たいへん》よ！集《つど》いの牧場《まきば》に侵入者《しんにゅうしゃ》が現《あらわ》れたわ！はやく、草《くさ》むらに隠《かく》れて！」

「モリー、何を言ってるの。ここに侵入者《しんにゅうしゃ》だなんて、来られるはずがないじゃない」

「でも、ランチの野菜を収穫《しゅうかく》していたラルフにジョーイ、それにダーラは顔《かお》が水色の侵入者《しんにゅうしゃ》が使った魔法《まほう》で小さなフィギュアに変《か》えられてしまったのよ。さあ、早く逃《に》げましょ」

「ふふ、おいらから逃《に》げるなんてできるわけないだろ。さっさと人形になっちまいな」

「キャー！」

「モリー！まあ、なんてことなの！」

「そこの馬《うま》と黒豚《ぶた》もさっさと人形にしてやる。えい！」

「ウィルバー！ラリーさん！ああ、みんな人形になってしまったわ。ひどい、ひどすぎるわ！」

「ふふ、これで万が一ルークたちがここに来たとしてもメルヘン広場に行くことは不可能《ふかのう》になったってわけだ。集《つど》いの牧場《まきば》からメルヘン広場に行くためには、お前たち6匹《ぴき》の守護役《しゅごやく》がそろっていることが条件《じょうけん》なわけだからな。シャムロック様もさぞご満足《まんぞく》なことだろう。アニー、お前だけは人形に変《か》えるのを免除《めんじょ》してやろう！お前を人形に変《か》えたとしても、もしルークたちがおもちゃの館《やかた》のゲームに勝利《しょうり》して、すべてのフィギュアのありかを知ってしまったら作戦《さくせん》は台無しだからな。まあ、ロレンゾがしくじる可能性《かのうせい》はほぼないと思うが、おいらはすごく慎重《しんちょう》なタイプなんだ。いいか、アニー。おいらはお前をフィギュアに変《か》えずに、お前の記憶《きおく》を奪《うば》ってやる。お前が集《つど》いの牧場《まきば》の守護役《しゅごやく》だという記憶《きおく》を完全《かんぜん》になくしてやるんだ。そして代わりに、まったく別《べつ》の記憶《きおく》を注《そそ》いでやるのさ。お前の記憶《きおく》を書き換《か》えて森に捨《す》てれば、ルークたちがメルヘン広場に行ける可能性《かのうせい》はゼロパーセントになるってわけだ。そうだ、無関係のウサギたちの記憶《きおく》も書き換《か》えてそいつらをお前の家族《かぞく》ってことにしてやろう。どうだい、おいらは天才だろ？さあ、覚悟《かくご》しろよ！」

「お願《ねが》い、やめて！誰《だれ》か、お願《ねが》いだからわたしを助《たす》けて……」

「ふふ、あなたたち、やっと目を覚《さ》ましたのね。おせっかいかもしれないけれど、あなたたちには集《つど》いの牧場《まきば》を襲《おそ》った悲劇《ひげき》のすべてを知る権利があると思ったから、集《つど》いの牧場《まきば》にいたアニー以外《いがい》の守護役《しゅごやく》の動物たち、そしてたまたまメルヘン広場から集《つど》いの牧場《まきば》に遊《あそ》びに来ていたラリーさんがフィギュアにされた経緯《けいい》を、あなたたちが意識《いしき》を失《うしな》っている間に説明《せつめい》させてもらったわ。ついでに書き換《か》えられたアニーの記憶《きおく》もわたしの力で戻《もど》しておいたから、安心なさい」

フィアの声に目覚《めざ》めたぼくは、居場所《いばしょ》を確《たし》かめるために辺りをきょろきょろと見回しました。どれほど意識《いしき》を失《うしな》っていたのかは覚《おぼ》えていませんが、ぼくたちはどうやら村長宅の客室のベッドに横《よこ》たわっていたようです。そして、ベッドの周りには、村長とフィアだけでなく、集《つど》いの牧場《まきば》の守護役《しゅごやく》ウィルバー、ラルフ、ジョーイ、ダーラ、モリー、アニー、それに黒豚《ぶた》のラリーさん親子《おやこ》が集《あつ》まっていたのです。

「休んでいる間にあなたたちの体力と精神力《せいしん》も回復《かいふく》させておいたわ」

「ありがとう、フィア。なんだか、体も心もすっきりとした気分だよ。それにしても、ジェイスはなぜそこまでして、ぼくたちがメルヘン広場を訪《おとず》れるのを阻止《そし》しようとしたんだろう」

ぼくは、ジェイスの卑劣《ひれつ》なたくらみにふつふつと怒《いか》りがこみ上げてきました。

「どうやらジェイスは何者かの指示《しじ》で動いているようね」

フィアはまばたきもせずに青い目でぼくをじっと見つめました。

「さっきわたしたちが見た夢の中で、シャムロックって名前を使っていたわ。そういえば、集《つど》いの牧場《まきば》でわたしがジェイスを倒《たお》したときも、同じ名前を言っていた気がするわ」

ナンシーが眉をひそめて言いました。

「わたしもそこがずっと引っかかっていたの。シャムロックは、ゴールドフィンチ島の図書館《としょかん》に蔵書《ぞうしょ》されている絵本に出てくる魔法《まほう》使いの名前で、実在《じつざい》の人物じゃないのよ。集《つど》いの牧場《まきば》に戻《もど》ったらキーシャに確認《かくにん》してみるといいわ」

フィアはそう言うと、集《つど》いの牧場《まきば》の守護役《しゅごやく》である6匹《ひき》の動物に目をやりました。

「さあ、あなたたち、ルークたちを無事《ぶじ》に集《つど》いの牧場《まきば》まで戻《もど》してあげなさいね。キーシャが、この子たちが戻《もど》るのを待《ま》ちわびているわ」

「フィア、その前に、わたしたちと写真《しゃしん》を撮《と》ってくれる約束《やくそく》、覚《おぼ》えてる？わたしそれをずっと楽《たの》しみにしていたのよ」

ステラはかばんからごそごそとカメラを取り出して、それを目の前にいたラリーさんに手渡《わた》しました。

「わたしたち、すごく大切なお願《ねが》いを我慢《がまん》して、あなたを助《たす》けることにしたの。わたしたちの写真《しゃしん》を撮《と》ってくださるかしら」

「もちろんです、お嬢《じょう》様。本当にあなたたちには感謝《かんしゃ》の気持ちでいっぱいです」

ラリーさんは息子《むすこ》と共《とも》に頭《あたま》をぺこりと下げると、ステラにフィアを抱《だ》くように指示《しじ》し、村長宅の外に出たぼくたちの記念写真《きねんしゃしん》をパシャパシャと撮《と》り始めました。フィアを抱《だ》くステラの笑顔《えがお》は、ぼくが今まで見たこともないような幸福感《こうふくかん》であふれていたのです。

「きっとあなたたちとはまた再会することになると思うわ。それまで、キーシャと一緒《いっしょ》に冒険《ぼうけん》を楽《たの》しんでね。わたしももう少ししたら魔女《まじょ》の所に帰るわ」

フィアはウィンクすると、ぼくたちに行きと同じ、それぞれの守護役《しゅごやく》の動物に乗《の》るように指示《しじ》しました。

こうしてぼくたちは、メルヘン広場の動物たちに別《わか》れを告《つ》げ、美しい虹《にじ》色の雲《くも》のスロープをたどりながら、無事《ぶじ》にキーシャが待《ま》つ集《つど》いの牧場《まきば》に戻《もど》ったのです。

第27話　新たな冒険《ぼうけん》

メルヘン広場での試練《しれん》を乗《の》り越《こ》え、マジックパーク2つ目の遊具《ゆうぐ》『クロネコメリーゴーランド』を楽《たの》しんだぼくたちは、フィアや広場の動物たちの元を離《はな》れ、集《つど》いの牧場《まきば》に戻《もど》って来ました。守護役《しゅごやく》の動物たちが緑の生《お》い茂《しげ》る牧草《ぼくそう》地に足をつけると、ぼくたちはしゃがみこんだそれぞれの動物たちから地面に降《お》り立ちました。そしてそこでは、キーシャとＬＢＣのスタッフたちが、待《ま》ちわびていたかのようにぼくたちを出迎《むか》えてくれたのです。

キーシャが魔法《まほう》の杖《つえ》を使ってゆっくりと円を描《えが》くと、そこから柔《やわ》らかな黄色い光が広がり、それを浴《あ》びた守護役《しゅごやく》の動物たちは、徐々《じょじょ》にぼくたちを乗《の》せる前の大きさに戻《もど》っていきました。ぼくたちがメルヘン広場での出来事を詳細《しょうさい》に報告《ほうこく》すると、ＬＢＣのナタリーは興奮《こうふん》した様子でノートにメモを取り、ダニエルとジェフリーにカメラを回す指示《しじ》を出すと、さっそく視聴者《しちょうしゃ》に向《む》けて実況中継《じっきょうちゅうけい》を始めたのです。

「フィアを食事で満足《まんぞく》させられたのはさすがだわ。あの子はすごく美食家で本当に味《あじ》にうるさいんだもの」

キーシャが感心《かんしん》しながらステラをほめました。

「キーシャ、集《つど》いの牧場《まきば》って磁力《じりょく》が強すぎるから、マーカでも来られないんでしょ。しゃぼんトカゲの力を借《か》りる以外《いがい》ここに来る方法がないとなると、いったいジェイスはどうやってここにたどり着《つ》くことができたのかな？」

ぼくが興味津々《きょうみしんしん》な表情をキーシャに向《む》けました。

「実はあなたたちがメルヘン広場に行っている間に、集《つど》いの牧場《まきば》をくまなく探《さが》してみたの。そしたら、北側の藪《やぶ》の中にジェイスが乗《の》ってきたと思われるしゃぼん玉が見つかったわ」

「ジェイスはそのしゃぼん玉をどうやって手に入れたのかしら。まさかパフの家族《かぞく》の誰《だれ》かを誘拐《ゆうかい》したわけじゃないでしょうね」

ナンシーがキーシャのそばで待機《たいき》していたパフにちらっと目線を移《うつ》しました。

「ぼくの家族《かぞく》や親族《しんぞく》は誰《だれ》も誘拐《ゆうかい》なんてされてないよ。だからどうしてここにもう1つしゃぼん玉があるのか、ぼくにもさっぱりわからないんだ」

パフが困惑《こんわく》した表情を浮《う》かべました。

「ジェイス、もしくは彼の仲間《なかま》の誰《だれ》かがしゃぼんトカゲを飼《か》っているとしか考《かんが》えられないわ。おそらくパフの親族以外《しんぞくいがい》にもどこかにしゃぼんトカゲが生息《せいそく》しているということね。そうすればあなたたちが見た夢の話もつじつまが合うわ。集《つど》いの牧場《まきば》の守護役《しゅごやく》たちをフィギュアに変《か》え、アニーの記憶《きおく》を奪《うば》って書き換《か》えたときも、きっとジェイス一味《いちみ》が飼《か》っているしゃぼんトカゲの力を借《か》りてここまで来たに違《ちが》いないわ」

キーシャが神妙《しんみょう》な面持《おもも》ちで腕組《うでぐ》みをしました。

「わたし、あなたたちと出会って行動を共《とも》にできて本当によかったわ。てっきり森の散策道《さんさくどう》の巣穴《すあな》にいるウサギたちがわたしの家族《かぞく》だと思い込《こ》んでいたけれど、もともとわたしは集《つど》いの牧場《まきば》の守護役《しゅごやく》だったたのね。わたしが正しい記憶《きおく》を取り戻《もど》せたのも、無事《ぶじ》にここまで戻《もど》って来られたのも、すべてあなたたちのおかげだわ。本当にありがとう」

アニーが涙《なみだ》を流しながらぼくたちに感謝《かんしゃ》の気持ちを伝《つた》えました。

「ぼろ木橋《きばし》の所で偶然《ぐうぜん》君に出会えて本当によかったよ。君がいなかったらぼくたちだってメルヘン広場に行くことはできなかったんだからね」

ディランがアニーの頭《あたま》をそっとなでました。

「ぼくからもお礼を言わせていただくよ。フィギュアに変《か》えられたぼくたちが元の姿《すがた》に戻《もど》れたのは君たちのおかげだもの」

黒羊《ひつじ》のラルフがぺこりと頭《あたま》を下げました。すると、他の守護役《しゅごやく》の動物たちも嬉《うれ》しそうな表情で次々にぼくたちに寄《よ》り添《そ》い、感謝《かんしゃ》の言葉を述《の》べたのです。

「集《つど》いの牧場《まきば》での冒険《ぼうけん》はこれでおしまいよ。次にあなたたちがすべきことを説明《せつめい》させていただくわ。まず、ジェイスから取り戻《もど》したユラナスの王冠《おうかん》を返却《へんきゃく》するのよ。きっとユラナスも心配《しんぱい》で気が気じゃないでしょうからね。そしてそれがすんだら、私はあなたたちを魔法図書館《まほうとしょかん》に連《つ》れて行くつもりよ。ジェイスが発《はっ》した『シャムロック』という名前を聞いたとき、とても胸騒《むなさわ》ぎがしたの。フィアから聞いたと思うけど、シャムロックは実在《じつざい》の魔法《まほう》使いではなく、魔法図書館《まほうとしょかん》に蔵書《ぞうしょ》されているある絵本に出てくる登場《とうじょう》人物の名前よ。あなたたちにその絵本がどんな話なのか知ってもらい、なぜジェイスがシャムロックという名前を口に出したかも一緒《いっしょ》に考《かんが》えてほしいわ。それが終わったらいよいよ次の遊《あそ》び場《ば》のある場所に移動《いどう》するわよ。ほら、地図を出してごらんなさい。」

キーシャにうながされたぼくは、入園時に小人たちから受《う》け取ったマジックパークの地図をポケットから取り出して、さっと広げました。

「私たちの次の目的地はここよ」

キーシャが地図上の一点を指《ゆび》さしたとき、ぼくは思わずぎょっとしてしまいました。ぼくがあわてて仲間《なかま》たちの表情をちらっと確認《かくにん》すると、やはり彼らも放心状態《ほうしんじょうたい》でキーシャが指《ゆび》さした地点を見つめていました。

ぼくが目を大きく見開いて説明《せつめい》を求《もと》めるようにキーシャをじっと見つめると、なんと自分が指《ゆび》さした地点にやっと真剣《しんけん》に目線を向《む》け始めたキーシャまでもが驚《おどろ》きと困惑《こんわく》に満《み》ちた表情を浮《う》かべたのです。

「キーシャ、これっていったいどういうこと？なぜ、君が指《ゆび》さした場所には穴《あな》が開いてるの？」

ジェイクが人差《ひとさ》し指《ゆび》を震《ふる》わせながら、ぽっかりと穴《あな》の開いた地図を指《ゆび》さしました。

「あなたたちが受《う》け取った地図は、魔女《まじょ》の力で、マジックパークの現状《げんじょう》の地形をそのまま反映《はんえい》するように魔法《まほう》がかかっているの。地図に穴《あな》が開いたということは、何者かによる強力な魔法《まほう》で次の目的地が消滅《しょうめつ》させられたということだわ。こんなことは上級魔法《まほう》使いですら不可能《ふかのう》よ。きっとジェイスたちを背後《はいご》で操《あやつ》っている魔法《まほう》使いが関わっているに違《ちが》いないわ」

「それって、ジェイスがシャムロックと呼《よ》んでいた人物のことかしら」

ステラの表情からは血の気が失《う》せていました。

「そうかもしれないわね。なんだか嫌《いや》な予感《よかん》がするわ。これ以上事態《じたい》が悪化する前に行動のペースを早める必要《ひつよう》があるわね。さあ、急《いそ》ぎましょ」

ぼくたちはアニーを含《ふく》む集《つど》いの牧場《まきば》の動物たちに別《わか》れを告《つ》げると、急《いそ》いでパフのしゃぼん玉に乗《の》り込《こ》みました。

「アニー！空洞樹《くうどうじゅ》の迷宮《めいきゅう》の地図は、ぼくたちが必《かなら》ず白ウサギたちに返《かえ》しておくから安心してね。ぼくたちと冒険《ぼうけん》を共《とも》にしてくれて本当にありがとう！元気でね、さようなら！」

すでにゆっくりと浮《う》かび上がったしゃぼん玉の中からぼくはあらん限《かぎ》りの声で叫《さけ》び、アニーに向《む》けて大きく手を振《ふ》りました。

それを見たアニーは嬉《うれ》しそうな表情でウィンクすると、他の守護役《しゅごやく》の動物たちに小声で何かをささやきました。すると、動物たちは嬉《うれ》しそうにこくりとうなずくと、一斉《いっせい》に肩《かた》を揺《ゆ》らせながら、美しい声で合唱《がっしょう》を開始し、ぼくたちの旅路《たびじ》を見送ってくれたのです。その声はとても心地よく、地上を目指《めざ》すぼくたちの心にいつまでも響《ひび》き渡《わた》りました。

岡村守（おかむら・まもる）
明治大学商学部卒
日英バイリンガル
代表作：「ルークとマジックパーク 空の滝」
保有資格：TOEIC 985 英検 1 級
趣味：読書、映画・音楽鑑賞、旅行

ルークとマジックパーク　集いの牧場

2025 年 1 月 7 日　　第 1 刷発行

著　者―――岡村守
発　行―――つむぎ書房
〒 103-0023　東京都中央区日本橋本町 2-3-15
https://tsumugi-shobo.com/
電話／ 03-6281-9874
発　売―――星雲社（共同出版社・流通責任出版社）
〒 112-0005　東京都文京区水道 1-3-30
電話／ 03-3868-3275

ISBN 978-4-434-35049-8